Sabine Hartmann

Katzenmelodie

Im Verlag CW Niemeyer sind bereits
folgende Bücher der Autorin erschienen:

Abgeräumt oder niemand lügt für sich allein
Ausweichmanöver
Eiskalt verzockt
Mords Idylle
Nur ein Katzensprung
Sechs, Sieben, Cache!

Bibliografische Information der Deutschen Nationalbibliothek
Die Deutsche Nationalbibliothek verzeichnet diese Publikation in der Deutschen Nationalbibliografie; detaillierte bibliografische Daten sind im Internet abrufbar über http://dnb.ddb.de

www.niemeyer-buch.de

Der Umschlag verwendet ein Motiv von shutterstock.com
Black cat Kudryashka 2013
Druck und Bindung: AALEXX Buchproduktion GmbH, Großburgwedel
Printed in Germany
ISBN 978-3-8271-9572-2

Sabine Hartmann

Katzenmelodie

CW Niemeyer

Der Roman spielt hauptsächlich in allseits bekannten Stätten in Hildesheim und Umgebung, doch bleiben die Geschehnisse reine Fiktion. Sämtliche Handlungen und Charaktere sind frei erfunden.

Über die Autorin:
Sabine Hartmann wurde 1962 in Berlin geboren. Seit 1982 lebt sie in Sibbesse. Sie ist verheiratet und hat zwei erwachsene Söhne. Nach vielen Jahren als freiberufliche Übersetzerin und Dozentin in der Erwachsenenbildung arbeitet sie heute als Schulleiterin in Alfeld.
Als Tochter eines Polizisten interessierte sie sich schon früh für Detektivgeschichten und Krimis. So lag es nah, dass sie, als sie die Schreiblust packte, dieses Genre bevorzugte. Neben Krimis für Erwachsene schreibt sie auch für Kinder und Jugendliche. Im Regionalkrimibereich hat sie bisher in Hildesheim und im Weserbergland morden lassen. In Lesungen, Vorträgen und Schreibworkshops versucht sie, auch andere für Krimis zu interessieren.
Für ihre Kurzkrimis, die in Anthologien und Zeitschriften erschienen sind, hat sie zahlreiche Preise und Auszeichnungen erhalten.
Sie ist Mitglied bei den ‚Mörderischen Schwestern' und im ‚Syndikat'.

Für
Karin Hinze

„Mütter verstehen, was Kinder nicht sagen."
(Jüdisches Sprichwort)

Träume -
die Erinnerung im Mondlicht,
lächelnd denk ich an damals,
als ich jung war und schön.
Ich glaub damals
hab ich gewußt, was Glück wirklich ist.
Warum mußte
es vergehn?

(Auszug aus Memory aus dem Musical Cats)

1

Donnerstag

Larissa holte tief Luft, bevor sie die schwere Holztür zu dem alten Haus in der Bahnhofstraße aufschob. Abgestandene, muffige Luft schlug ihr entgegen. Sie konnte sie auf der Haut spüren. ‚Katzenpisse', dachte sie angewidert und rannte los, nahm zwei oder drei Stufen auf einmal. In der ersten Etage stand ein Schuhregal an der Wand. Darin, darauf und daneben Schuhe, Stiefel, Schlappen. Mit dem Tabakgeruch, der aus der Wohnung drang, ein Gemisch, auf das sie gut verzichten konnte. Sie sprintete über den Treppenabsatz, kam aber nur noch ein paar Stufen höher, bevor sie atmen musste.

Sauerkraut und Kasseler? Nicht ganz so widerlich wie der Kohl von letzter Woche. Sie atmete tief durch und lief weiter. Die ausgetretene Holztreppe knarrte unter ihren Schuhsohlen. Sie umrundete den Fahrstuhl, der schon lange außer Betrieb war, und stieß beinahe mit einer älteren Dame zusammen, die sich am Geländer festklammerte. Sie hielt einen Einkaufsbeutel in der Linken und schnaufte heftig.

Larissa bremste gerade noch rechtzeitig ab, grüßte freundlich und lief an ihr vorbei.

„Fräulein?" Die Stimme der Frau rasselte. Kurz überlegte Larissa, ob sie den Ruf einfach überhören sollte. Sie entschied sich dagegen und drehte sich um.

Die groß gewachsene Frau hatte den Einkaufsbeutel ein wenig angehoben und hielt ihn ihr entgegen.

„Könnten Sie ihn bitte vor meiner ...", sie schnaufte, „... meiner Tür abstellen? Gleich neben Frau Kronenbaum. Ich habe mein Asthmaspray in der Wohnung vergessen."

Larissa nickte, nahm den Beutel entgegen und stieg langsam die letzten Stufen hinauf. Sie hatte gerade beschlossen, den Beutel über den Türknauf zu hängen, als sie Schritte hörte. Sie drehte sich um und sah einen Mann auf sich zukommen, der sie misstrauisch musterte. „Was kann ich für Sie tun?"

Larissa zeigte auf den Beutel. „Ich habe beim Tragen geholfen."

„Ach", der Mann lächelte sie ein wenig gequält an, „meine Mutter ist schon zurück?" Er beugte sich zu ihr herüber und flüsterte: „Sie geht jeden Tag zum Einkaufen, Sonderangebote und Schnäppchen sammeln." Er zuckte mit den Schultern. „Es macht ihr eben Spaß." Er wechselte den Werkzeugkasten in die andere Hand und zeigte darauf. „Ich bin Elektriker. Habe bei Frau Kronenbaum den Warmwasserboiler repariert." Er seufzte. „Aber an den Fahrstuhl lassen sie mich nicht ran. Dabei wäre es nicht nur für meine Mutter gut, wenn er wieder funktionieren würde."

Larissa verstand nicht genau, was er ihr damit sagen wollte, deshalb nickte sie nur und sagte: „Ich muss zum Unterricht."

„Viel Spaß!", sagte er und schloss seine Wohnungstür auf. Der Werkzeugkasten rempelte laut gegen den Rahmen.

Während Larissa die wenigen Schritte den Flur hinunterging, hörte sie, wie die alte Dame den Treppenabsatz erreichte und ein wenig atemlos, aber mit kräftiger Stimme rief: „Lothar, wo warst du schon wieder? Ich hab dir Thunfisch mitgebracht!"

Die Tür zu Charlotte Kronenbaums Wohnung ließ sich aufdrücken.

Die letzten Noten des Refrains von „Memory" perlten Larissa entgegen. Sie schaute auf die Uhr und erkannte, dass Julianes Klavierstunde noch wenigstens zehn Minuten dauern würde. Genügend Zeit, sich vorher eine Tasse Tee zu gönnen. Larissa durchquerte den Flur. Der Refrain begann erneut, diesmal etwas schneller. Sie zuckte zusammen, als Juliane sich verspielte, abrupt abbrach und von vorne begann.

In der Küche standen drei Stövchen auf der Arbeitsfläche eines alten Küchenschrankes, der mit gläsernen Vorratsbehältern und Gardinen hinter den gelben Butzenscheiben wie aus dem vorigen Jahrhundert gefallen wirkte. Larissa hob die Deckel der Kannen hoch und schnupperte. Sie entschied sich für den letzten Tee, der mild nach Jasmin duftete. Der Kandis knackte, als sie die heiße Flüssigkeit darübergoss.

Sobald sie einen Stuhl unter dem Tisch hervorzog, um sich zu setzen, bemerkte sie die Handtasche darauf. Sie stand offen. Das Portemonnaie lag oben auf. Am Rand schauten die Ecken von Geldscheinen heraus.

Larissa nahm die Börse in die Hand, zog einen der Fünfzigeuroscheine aus dem Fach und stopfte ihn in ihre Hosentasche. Schnell schob sie den Stuhl unter die Tischplatte zurück und setzte sich mit ihrem Tee und heftig klopfendem Herzen auf einen anderen.

Tasse und Untertasse klirrten, als sie den ersten Schluck trinken wollte. Sie atmete tief durch. ‚Niemand hat etwas gesehen. Reiß dich zusammen.' Sie zwang sich, zu lächeln und noch einen Schluck zu trinken. ‚Schon besser.'

Ihre Finger verkrampften sich, weil die Küchentür lautlos aufschwang. Erleichtert erkannte sie, dass Ming hereinschlich. Die helle Maine-Coon-Katze kam zielstrebig auf Larissa zu und sprang auf ihren Schoß. Sie stellte die Tasse ab und streichelte das weiche Fell, bis sich ihr Puls wieder beruhigt hatte.

Sie hörte Schritte auf dem Flur näher kommen und konnte gelassen aufblicken. „Hi", sagte sie lächelnd.

„Larissa, stimmt's?", fragte Simona Lubert.

„Genau."

Simona war direkt zum Kühlschrank gegangen und hatte ein Mineralwasser herausgenommen. Sie hielt sie gegen ihre Stirn, bevor sie die Flasche aufschraubte und einen großen Schluck trank.

Larissa hatte das Gefühl, dass Simona aufgeregt war, vielleicht sogar wütend oder sauer wirkte.

Die Frau drehte sich zu ihr um und versuchte zu lächeln. Sie merkte selbst, dass es misslang, und zog entschuldigend eine Grimasse. „Macht es dir etwas aus, ein paar Minuten länger zu warten? Ich muss sie unbedingt sprechen."

Larissa nickte unsicher. Was sollte sie dazu sagen?

Simona schien ihre Unsicherheit zu spüren. „Ich habe ein Engagement in Berlin und müsste eigentlich schon im Flugzeug sitzen." Sie seufzte und setzte sich neben Larissa, nachdem sie die Handtasche achtlos auf den Boden gestellt hatte. Sie wies mit dem Daumen in die Richtung des Zimmers, in dem Charlotte Kronenbaum unterrichtete. „Und ursprünglich sollte sie neben mir sitzen."

Natürlich wusste Larissa, dass Simona und die Kronenbaum zusammen auftraten, aber ein Engagement in Berlin? Das klang nach echtem Erfolg.

„Frau Kronenbaum lässt den Unterricht nie ausfallen", wandte sie ein.

„Genau das meine ich!" Simona klang gereizt. „Mit einem Auftritt verdient sie so viel wie mit einer Woche Unterricht."

„Aber nur einmal im Monat!"

Weder Larissa noch Simona hatten bemerkt, dass Charlotte die Küche betreten hatte.

„Larissa, geh doch bitte schon ins Musikzimmer, ich muss eben meine Partnerin verabschieden und bin dann gleich bei dir. Du kannst mit der Etüde beginnen." Ihre Stimme duldete keinen Widerspruch. Sie klang spröde und ... Larissa lauschte dem Ton noch einmal nach ... ebenfalls ziemlich wütend. Na, ihr konnte es egal sein. Obwohl sie gerne gehört hätte, was die beiden sich zu sagen hatten. Sie hob die Katze von ihrem Schoß und trank den Tee aus, ehe sie sich erhob. Keine der Frauen sagte etwas, bevor sie den Raum verlassen hatte, und Charlotte schloss energisch die Tür hinter ihr.

‚Was gab es da wohl für Geheimnisse?', fragte Larissa sich, während sie den langen, dämmerigen Flur hinunterging.

Im Musikzimmer roch es wie jedes Mal nach Möbelpolitur. Der Flügel stand schwarz glänzend in der

Ecke. Auf dem kleinen Tisch vor dem Regal mit den Noten befand sich eine große Holzschale. In ihr lagen mehrere Kuverts. Charlotte Kronenbaum bestand auf Barzahlung in der Woche nach dem Monatsersten. Larissas Vater hatte immer gesagt, dass sie das machte, um das Finanzamt zu betrügen. Aber da Larissa nun bereits seit fünf Monaten nicht mehr zu zahlen brauchte, war es ihr egal. Sie musste ihre Zeit nutzen, wer wusste schon, wie lange sie noch kommen konnte?

Sie bewegte ihre Finger, bis sie ein gutes Gefühl hatte und locker war. Dann setzte sie sich auf den Stuhl und begann zu spielen.

Nur am Rande nahm sie wahr, dass Charlotte Kronenbaum den Raum wenig später betrat und sich neben sie stellte.

2

Donnerstag

Larissa verließ das Haus nach dem Unterricht sofort. Sie blinzelte in die Sonne und wandte sich nach links. Beinahe wäre sie gerannt. Charlotte Kronenbaum war immer freundlich und höflich, erhob nie die Stimme. Das zeichnete sie aus, als Lehrerin, sie blieb gelassen, spornte an, statt zu kritisieren. Doch heute war sie besonders herzlich gewesen, und Larissa hatte den Fünfzigeuroschein umso deutlicher in ihrer Hosentasche gespürt. Er schien zu glühen, schien zu rufen: „Hier bin ich, sie hat mich gestohlen, nimm mich zurück!"

Larissa hoffte inständig, dass die Kronenbaum nichts gemerkt hatte. Sie hatte sich so oft verspielt wie schon lange nicht mehr. Aber das hatte sie vermutlich auch nicht bemerkt, weil sie in Gedanken noch mit ihrer Auseinandersetzung mit der Lubert beschäftigt war.

Sie bog in den Park am Marienfriedhof ab, setzte sich auf die nächste freie Bank und schloss die Augen. Fünfzig Euro. Was war schon dabei? Die Kronenbaum hatte doch mehr als genug Geld. Schließlich lebte sie ganz allein und gab jeden Tag Unterricht. Wahrscheinlich fiel ihr gar nicht auf, dass etwas fehlte.

Und Larissa brauchte das Geld dringend. Sehr dringend sogar. Natürlich nicht für sich selbst. Das käme ihr nie in den Sinn.

„Hi, Lissy", sagte Elena und ließ sich neben Larissa auf die Bank fallen. „Wie geht's? Was macht die Kunst?"

„Hallo, Elena", antwortete Larissa und rückte instinktiv ein wenig von ihr ab. Warum schlich die sich so an? Welch ein Glück, dass sie nicht vor Schreck aufgeschrien hatte, von wegen schlechtem Gewissen und so. „Was machst du hier?", fragte sie mit betont ruhiger Stimme.

„Ich bin mit Konsti und Sarah verabredet." Sie lachte.

„Die beiden kommen wie immer zu spät, und ich bin natürlich zu früh dran."

„Was habt ihr vor?"

„Wir wollen in die Arneken Galerie, ein Eis essen. Komm doch mit."

Larissa erschrak, als sie bemerkte, dass sie beinahe zugesagt hätte. Energisch schüttelte sie den Kopf. „Mit den beiden Verliebten? Das ist mir zu öde."

„Was ist los mit dir?", fragte Elena und sah sie eindringlich an.

„Was soll los sein?"

„Du machst gar nichts mehr mit uns."

„Du spinnst."

Elenas Augen blitzten.

„Dann sag doch mal, wann du das letzte Mal dabei warst."

Larissa antwortete nicht gleich. Das fehlte ihr jetzt noch. Dass sie Rechenschaft ablegen musste. Sie zuckte mit den Achseln. „Keine Ahnung, es passt eben nicht immer."

„Nicht immer? Nie meinst du wohl." Elena rückte näher an sie heran. „Sag schon, was los ist. Ist es wegen Konsti?"

Zuerst verstand Larissa nicht, was Elena damit sagen wollte. „Du meinst, ob ich heimlich in ihn? Nein!"

„Na gut, was ist dann der Grund? Du gehst uns aus dem Weg."

„Bilde dir man nur nichts ein." Larissa schaute vor sich auf den Boden. Bloß nicht heulen.

„Ach komm, sonst warst du immer die Erste, die ins Kino wollte, wenn ein neuer Film angelaufen ist."

Wieder zuckte Larissa mit den Achseln. Was sollte sie dazu sagen? Sie liebte Filme, aber Kino war eben im Moment nicht drin.

Elena boxte ihr auf die Schulter.

„Nun red schon."

„Lass mich in Ruhe!", rief sie und sprang auf. Sie lief davon, wollte nicht hören, dass Elena begütigend hinter ihr herrief.

Was hätte sie denn sagen sollen? Macht einfach mal was, das kein Geld kostet, dann komme ich mit.

Auf keinen Fall. Die anderen hätten sie einfach eingeladen. Geht's noch? Ohne mit einer Wimper zu zucken, hätte Elena zwei Kinokarten, zwei Eisbecher oder zwei Fahrkarten nach Hannover gekauft. Larissa schüttelte den Kopf, würgte den Kloß herunter, der in ihrer Kehle aufstieg.

Das wollte sie auf keinen Fall. Almosen. Oder noch schlimmer: Mitleid.

Verpisst euch alle. Ich komme schon alleine klar.

3

Donnerstag

Als sie diesmal vor dem Haus stand, in dem Charlotte Kronenbaum lebte, waren die widerwärtigen Gerüche im Hauflur ihre geringste Sorge. Wenn alles glattlief, lauschen, Musik hören, Geld zurücklegen, wieder raus.

Spielte niemand, musste sie eben einen Augenblick warten.

Und wenn sie jemandem begegnete? Sie konnte immer noch sagen, dass sie ihre Noten vergessen hatte. Genau. Easy peasy.

Denk nicht länger drüber nach. Wird schon schiefgehen.

Die Treppe nach oben war ihr noch nie so lang vorgekommen. Auch das Graffiti an der Fahrstuhltür im ersten Stock, ein Auge, das ihr hinterherzublicken schien, fiel ihr ausgerechnet heute zum ersten Mal auf.

Es war keine Musik zu hören. Larissa wartete mit der Hand auf der Türklinke. Noch eine Viertelstunde, dann würde der Nächste zum Unterricht kommen. Sie musste es probieren. Vorsichtig schob sie die Tür auf und spähte den Flur hinunter. Das Musikzimmer war verschlossen. Gut. Vielleicht machten sie gerade Taktübungen.

Sie schlüpfte durch den Spalt und lief zur Küche. Die Tür stand weit offen, und Charlotte Kronenbaum lag auf dem Boden, neben dem Tisch. Ein Fuß war seitlich abgewinkelt und drückte gegen die Tür. Larissa musste darübersteigen und um den Tisch herumgehen, um Charlotte vollständig sehen zu können. Ein spitzer Schrei entschlüpfte ihrem Mund, bevor sie ihn mit beiden Händen zuhielt.

Sie stand vor einer riesigen Blutlache. Charlottes Hinterkopf war buchstäblich zertrümmert. Larissa konnte gar nicht hinsehen. Trotzdem bückte sie sich, schob ein paar der langen dunkelblonden Haare zurück und versuchte, einen Puls zu ertasten. Sofort, als sie den Hals berührte, wusste sie, dass die Frau tot war.

Trotzdem, sie musste Hilfe holen. Schnell zog sie ihr Handy aus der Tasche. Bevor sie die zweite Ziffer tippte, hielt sie inne. Das war zwar nur ein Prepaidhandy, aber ordnungsgemäß auf sie angemeldet und nicht auf Donald Duck oder Britney Spears wie die von Konsti und Elena.

Sie ging zum Schrank und nahm das Mobilteil, das dort lag. Eilig meldete sie, dass in dieser Wohnung eine Schwerverletzte lag. Ein Geräusch ließ sie zusammenfahren. Da war noch jemand in der Wohnung. Wie blöd konnte man sein. Das war kein Unfall. Definitiv nicht. Sie horchte. Nichts mehr.

Sie ließ das Telefon fallen und rannte aus der Tür, flitzte den Flur entlang und sprintete zwei oder auch drei Stufen auf einmal nehmend, die Treppe hinunter. Nur raus hier.

Als sie die Haustür aufdrücken wollte, kam ihr von draußen jemand entgegen. Ein Junge, etwas älter als sie, Noten unter dem Arm. Panik wallte in Larissa auf.

Sie zitterte, ihr Mund war trocken, und ihr war so heiß wie noch nie in ihrem Leben. Sie wollte den Typen zur Seite schieben. Doch der ließ sich nicht so einfach abdrängen.

„Hoppla!", sagte er und grinste breit.

Was er danach von sich gab, verstand Larissa nicht mehr, da sie unter seinem Arm, mit dem er die Tür aufhielt, hindurchgetaucht war und bereits die Straße hinunterrannte. ‚Dreh dich nicht um', ermahnte sie sich, du brauchst kein schlechtes Gewissen zu haben.

Sie rannte, bis sie Seitenstechen bekam. Da hatte sie den Bahnhof schon hinter sich gelassen und stand vor dem Wasserparadies.

Und nun?

Sie wollte irgendwohin, wo Menschen waren.

Und dann nachdenken.

Was war da passiert?

Hatte jemand Frau Kronenbaum umgebracht?

Larissa ging langsam weiter. Sie versuchte, sich zu erinnern, ob sie in der Küche einen Gegenstand gesehen hatte. Einen Gegenstand, mit dem Frau Kronenbaum so verletzt worden war.

Oder war sie ausgerutscht und hingefallen? Auf die Tischkante geknallt?

Sie war keine Rechtsmedizinerin, aber das erschien ihr unglaubwürdig. Plötzlich fröstelte sie. Simona Lubert. Die beiden Frauen hatten sich gestritten, bevor Larissas Stunde begann.

Entschlossen schüttelte sie den Kopf. Das konnte nicht sein. Oder doch? Sie schaute auf die Uhr. Nein. Nach ihr kam immer ein Grundschulkind mit Mama, allerdings nur für dreißig Minuten. Das heißt, als Larissa die Wohnung wieder betreten hätte, war bereits der oder die Nächste an der Reihe gewesen. Vermutlich saß Simona bereits in ihrem Flugzeug nach Berlin.

Larissa überlegte, ob sie wusste, wer nach dem kleinen Kind an der Reihe war, konnte sich aber nicht erinnern. Auf jeden Fall kam danach dieser blonde Typ, dem sie an der Tür begegnet war.

Ihr wurde schwindelig. Spontan beschloss sie, im „Kochlöffel“ eine Cola zu trinken. „Kochlöffel“ war out, wenn sie sich nicht ausgerechnet ins Fenster setzte, lief sie nicht Gefahr, einen ihrer Freunde zu treffen oder von ihnen gesehen zu werden.

Sie schniefte und wischte sich vorsichtshalber das ganze Gesicht mit einem Taschentuch ab. Verlaufene Schminke, verheult aussehen, das war das Letzte, was sie jetzt gebrauchen konnte.

Sie kramte die Einsachtzig aus der Hosentasche und drückte dabei den Fünfzigeuroschein noch tiefer hinein. Sie hatte vergessen, ihn zurückzulegen.

Na ja, die Kronenbaum brauchte ihn auch nicht mehr. Sie erschrak über ihren Gedanken und musste die Tränen zurückblinzeln.

Plötzlich fiel ihr etwas ein. Ob der Typ sie wiedererkennen würde?

Viel wichtiger, ob er sie mit Charlotte in Verbindung bringen würde?

Larissa runzelte die Stirn.

Natürlich nicht. Er geht nach oben, findet eine Leiche und erinnert sich nicht an eine flüchtende Schülerin mit dunkelbraunen Locken, braunen Augen und einer viel zu spitzen Nase. Wie blöd kann man eigentlich sein?

Schließlich würde er sich ja nicht selbst belasten wollen.

Selbstverständlich würde er sich an ihre Begegnung erinnern. Verdammt, sie hätte langsamer aus dem Haus gehen sollen, freundlich nicken, zuvorkommend lächeln. Woher sollte er wissen, dass sie auch Klavierunterricht nahm?

Erst mal können vor Panik.

Sie nippte an der Cola. Sie konnte einfach abstreiten, noch einmal dort gewesen zu sein. Aussage gegen Aussage. Kam es darauf an, wem die Polizei mehr glaubte. Sie lachte rau. Lügen konnte sie so gut wie Pinocchio. Zwar wurde ihre Nase weder länger noch spitzer, aber sie wusste, dass hellrote Flecken auf den Wangen sie deutlich verrieten.

Und wenn sie einfach die Wahrheit sagte?

He, Leute, ich hatte fünfzig Euro geklaut und wollte sie zurücklegen, die Kronenbaum war schon tot, als ich in die Küche kam.

Klar. Nur ein Schönheitsfehler. Die Story klang völlig unglaubwürdig. Selbst in ihren Ohren.

Sie stützte den Kopf in die Hände. Mannomann, wenn sie sich ihre Story selbst nicht abnahm, wie sollte sie das den Bullen verklickern?

Es musste doch eine Variante geben, mit der sie sich elegant aus der Affäre ziehen konnte.

Auf jeden Fall die fünfzig Euro weglassen.

Sie zog den Schein aus der Tasche und prummelte ihn in den Spalt zwischen Tisch und Blumenkasten.

Vielleicht ein großzügiges Taschengeld für eine sorgsame Putzfrau.

Ohne das geklaute Geld gab es keinen Grund für eine Auseinandersetzung zwischen Frau Kronenbaum und ihr. Stattdessen hatte sie ihrerseits einen Streit gehört, zwischen Frau Kronenbaum und Simona Lubert. Vielleicht war die Lubert ebenfalls zurückgekommen?

Plötzlich fiel Larissa noch etwas ein.

Ming?

Wo war die Katze?

Sie hatte nicht in der Küche gehockt.

War sie auch verletzt worden?

War Ming womöglich ebenfalls tot?

Sie schluckte. Tränen rollten über ihre Wangen.

4

Donnerstag

Währenddessen ...

Jetzt wusste er, warum sie so panisch reagiert hatte. Kein Wunder. Allerdings konnte er sich nicht hundertprozentig sicher sein. Oder doch?

Braune Augen. Panik im Blick.

So schnell hatte sie den Kopf hin und her bewegt, dass ihre Locken sein Gesicht streiften.

Larissa! Larissa Gellner.

War das ihr Name? Larissa klang sanft, melodisch, angenehm.

„Träumen Sie?“

Die Stimme der Kommissarin riss ihn aus seinen Gedanken. Sie klang nicht mehr so freundlich und mitfühlend wie bei ihrer ersten Begegnung in der Kronenbaumschen Wohnung. Hatte er etwas anderes erwartet? Hatte er nicht. Als sie die Dienststelle betraten, hatte bereits ein übergewichtiger Hauptkommissar auf sie gewartet. Getuschel und prüfende Blicke hatten ihm verraten, dass sie Bescheid wussten.

War ja auch nicht anders zu erwarten gewesen.

Trotzdem hatte die Kommissarin ihn angelächelt, als sie ihn in ihr winziges Büro geführt hatte. Sogar einen Kaffee hatte sie ihm angeboten – den er abgelehnt hatte. Bürokaffee war nicht sein Ding, und Automatenkaffee erst recht nicht.

„Herr Seeliger? Ist alles in Ordnung mit Ihnen?“ Sie wirkte tatsächlich besorgt.

Um ihn?

Lächerlich!

Er richtete sich auf und schaute sie an. „Ich habe nur nachgedacht“, sagte er. „Es ist alles so schockierend, so überraschend. Ich habe noch nie ...“

Sie unterbrach ihn. „Das glaube ich Ihnen gern.“ Sie räusperte sich. „Möchten Sie Ihren ... Vater ... oder Ihre Mutter bei dem Verhör dabei haben?“ Sie zeigte auf das Telefon neben dem Monitor. „Ich kann sie unverzüglich informieren.“

Er schüttelte den Kopf und murmelte: „Mein Vater hat's nicht so mit der Polizei.“

Die Kommissarin Sarkos nickte, während sie den PC hochfahren ließ. „Ich schreibe das Wesentliche Ihrer Aussage gleich mit, dann müssen Sie zum Unterschreiben nicht noch einmal wiederkommen.“

„Das passt.“

Das fehlte gerade noch, dass er morgen oder übermorgen zur Polizei bestellt wurde und sein Vater Wind davon bekam.

„Ich brauche zuerst Ihre persönlichen Daten. Geburtsort, Familienstand, Eltern, Beruf, Adresse und so weiter.“

„Tom Seeliger, geboren in Koblenz am 17.3.1995, ledig, Mutter Sarah Maria Seeliger, Vater Manfred, aber das wissen Sie ja schon.“

Sie sah auf. „Ihr Vater ist DER Manfred Seeliger?“

Er nickte knapp. „Hab ich mir nicht ausgesucht.“

„Sie wohnen noch bei Ihren Eltern?“

Wieso diese Betonung auf dem Noch? Musste er an dem Tag ausziehen, an dem er achtzehn wurde? „Was denken Sie, was man im zweiten Lehrjahr verdient? Da ist eine eigene Wohnung nicht drin. Außerdem braucht meine Mutter mich."

Sie schien ihn zu verstehen, denn ihr Kopf ruckte nach oben, ihre Augen suchten seine. Jetzt bloß keine Schwäche zeigen. Das fehlte noch.

Sie wandte den Blick wieder ab. „Ihr Vater hat Bewährungsauflagen, das wissen Sie? Wenn er gewalttätig wird ..." Sie ließ den Satz unvollendet.

Er wusste, doch was sollte es ihm nützen?

„Wir kommen schon klar. Alles ist gut. Also, was fehlt Ihnen? Beruf? Okay, ich lerne Koch, zweites Lehrjahr."

„Koch? Wie interessant. Da braucht man ganz schön viel Kraft, oder?"

Er wunderte sich über die Frage. „Nicht so viel wie auf dem Bau, aber volle Töpfe oder die großen Wokpfannen wiegen einiges." Wieso fragte sie danach? Plötzlich kam ihm eine Idee. Sie verdächtigte ihn. War doch logisch. Wie der Vater so der Sohn. Der Apfel fällt nicht weit vom Stamm und überhaupt ... so einer taugt eh nichts.

Er merkte, dass seine Hände sich verkrampften. Bislang war es ihm gelungen, seinen Vater und dessen unrühmliche ‚berufliche Tätigkeit' vor seinen Kollegen geheim zu halten, und das sollte auch so bleiben.

Angriff ist die beste Verteidigung. „Sie verdächtigen mich?"

Sie sah ihn erstaunt an. „Ja, natürlich. Sie haben die Tote gefunden, selbstverständlich kann ich nicht von vornherein ausschließen, dass Sie uns das nicht nur vorspielen."

„Und das hat rein gar nichts mit meinem Vater und seinem Vorleben zu tun?"

„Nein", entgegnete sie entschieden. „Diesen Verdacht hatten wir bereits, als wir in der Wohnung mit Ihnen gesprochen haben. Die Information über Ihren Vater erhielt ich erst hier im Haus."

Das hatte er beobachtet. Er dachte nach. Vielleicht sagte sie die Wahrheit. Würde er sich glauben, dass er die Tote Charlotte Kronenbaum nur gefunden hatte, als er zum Klavierunterricht kam?

War das der Grund, warum diese Larissa weggelaufen war? Er musste sie unbedingt danach fragen. Sobald er sie aufgespürt hatte.

Oder war sie die Mörderin?

Mit den Augen? Unmöglich?

Man hat schon Pferde kotzen sehen.

„Herr Seeliger? So langsam mache ich mir doch Sorgen um Sie. Ist alles in Ordnung mit Ihnen? Sie wirken so abwesend."

„Entschuldigung. Ich muss dauernd an Frau Kronenbaum denken. Wissen Sie bereits, womit sie erschlagen wurde?" Hoffnung keimte in ihm auf. „Oder war es vielleicht ein Unfall? Auf die Tischkante gestürzt?"

Sie seufzte. „Diese Untersuchungen dauern. Allerdings sind unsere Spezialisten sicher, dass es kein Unfall war. Wofür auch spricht, dass der Gegenstand, mit dem Frau Kronenbaum erschlagen wurde, bisher nicht gefunden werden konnte."

Erleichtert lehnte Tom sich zurück. „Ich habe die Wohnung nicht verlassen, nachdem ich die Polizei angerufen hatte. Ich bin nur ins Musikzimmer gegangen und habe dort gewartet, wegen der ... Sie wissen schon."

Natürlich hatte er sich dort auch den Unterrichtsplaner der Kronenbaum angesehen und sich die Namen der anderen, speziell der weiblichen Schülerinnen eingeprägt. Viktor Hagen, direkt vor ihm dran, kam nicht infrage. Evi Schneider und Frau Schneider klang nach Grundschulkind, blieben nur Larissa und Juliane. Er wusste nicht warum, aber er war fest davon überzeugt, mit Larissa zusammengerempelt zu sein.

„Genau, und das Musikzimmer besitzt ein schönes großes Fenster, aus dem man so ein Mordinstrument prima hinauswerfen kann."

Verflixt. Die war clever. „Habe ich aber nicht." Er grinste. „Garantiert keine Tom-Fingerabdrücke auf irgendwelchen Fenstergriffen in der Kronenbaumschen Wohnung."

„Das glaube ich Ihnen gern, aber wer wäre so blöd, die Griffe ohne Handschuhe oder wenigstens ein Tuch anzufassen?" Sie seufzte erneut. „Darum geht es momentan überhaupt nicht. Wenn es Sie beruhigt, wir halten Sie nicht für dringend tatverdächtig. Okay? Erzählen Sie bitte noch einmal genau, was Sie gesehen, gehört oder gerochen haben. Am besten von dem Moment an, in dem Sie das Haus betreten haben."

„Das Haus betreten. Nun ja, es riecht dort immer speziell. Unten im Hausflur nach Urin, in der ersten Etage nach Knoblauch und Stinkesocken und darüber ..."

„Danke, danke, das genügt." Dann lachte sie. „Ist mir auch aufgefallen. Sind Sie jemandem begegnet?"

War das seine Gretchenfrage?

Wie hatte sie gefragt? ‚Von dem Moment an, in dem Sie das Haus betreten haben.' Als Larissa ihn umrannte, hatte er das Haus definitiv noch nicht betreten.

Also nein.

„Mir ist niemand aufgefallen."

Die Kommissarin sah ihn prüfend an, sagte allerdings nichts, sondern tippte etwas auf ihrer Tastatur. Dann fragte sie: „Kennen Sie die anderen Schüler von Frau Kronenbaum?"

„Nur den vor mir. Viktor heißt er. Spielt schon lange und ist richtig gut."

„Viktor war heute nicht da?"

„Ich habe ihn nicht gesehen."

„Kam das öfter vor?"

„Manchmal."

„Wissen Sie warum?"

„Nein, wir haben uns selten unterhalten. Meist nur zugenickt."

„Verstehe. Fällt Ihnen noch etwas ein, was anders war als sonst?"

Er schüttelte energisch den Kopf. „Es wirkte alles wie immer. Deshalb war ich so erschrocken, als ich in die Küche kam. Mit so etwas rechnet man doch nicht."

Er hatte das Protokoll unterzeichnet und war gegangen. Die Kopie, die sie ihm ausgedruckt hatte, riss er in kleine Fetzen, die er im nächsten Mülleimer entsorgte. Das fehlte noch, dass sein Vater eine Zeugenaussage mit einem Polizeistempel darauf in seinem Zimmer fand.

Er sah auf die Uhr. Ein wenig Zeit hatte er noch, bevor er zur Arbeit musste. Zielstrebig steuerte er ein Internetcafé an. Er wollte unbedingt wissen, ob er mit Larissa richtig lag. War das der Name des Mädchens mit den braunen Augen, die ihn fast umgerannt hatte?

Die ihn nicht gewarnt hatte?

Die ihm die Leiche zugeschustert hatte?

Die dafür gesorgt hatte, dass die Polizei ihn verdächtigte?

Danke schön, Larissa!

Donnerstag

Larissa weinte noch immer leise vor sich hin, als sie das Haus am Alten Markt betrat, in dem sie mit ihrem Vater seit rund drei Monaten lebte.

Natürlich war er zu Hause.

Wo sollte er auch sonst sein?

Zum Jobcenter musste er immer morgens. Und falls eines der seltenen Bewerbungsgespräche anstand, fand es nicht am frühen Abend statt.

Sie war froh, dass sie nicht riechen konnte, mit welchem Gestank das Haus sie heute begrüßte. Die Nase würde sie sich jedenfalls erst schnäuzen, wenn sie in ihrem Zimmer saß. In ihrem Zimmer. In einer Zweizimmerwohnung. Großzügig, wie er war, hatte ihr Vater ihr das zweite Zimmer komplett überlassen. Er betrat es nur, wenn sie ihn dazu einlud. Er fand, dass er ihr das schuldig war. Privatsphäre. Ein eigenes Zimmer eben. Das andere war tagsüber das gemeinsame Wohn- und über Nacht sein Schlafzimmer. Schon wenn sie morgens aufstand, war von seinem Nachtlager nichts mehr zu erkennen. Selbst wenn es ihm richtig schlecht ging, stand er auf. „Man darf sich nicht gehen lassen“, sagte er immer. „Das ist der Anfang vom Ende.“

Sie schloss die Tür auf, hängte ihre Jacke an den Haken und rief laut: „Ich bin's, muss dringend zur Toilette. Komme gleich anschließend zu dir, Paps.“

Sie riss die Tür zum kleinsten Badezimmer auf, das sie jemals gesehen hatte. Immerhin besaß es eine Badewanne. Es war genau so viel länger, dass noch ein Toilettenbecken zwischen Wanne und Wand passte. Wenigstens brauchte man nicht vom Klo aufzustehen, wenn man sich die Hände waschen wollte. Die Waschmaschine mussten sie in die Küche stellen, sie war zu breit für den Gang, der neben der Wanne blieb, um zum Fenster zu gehen.

Sie wusch sich das Gesicht mit kaltem Wasser. Ihr Vater sollte auf keinen Fall sehen, dass sie geweint hatte. Niemals würde er ihr glauben, dass es rein gar nichts mit ihm zu tun hatte.

Picobello. Aufgeräumt war zu wenig, um den Zustand zu beschreiben, in dem sich ihre Wohnung befand. Ihr Vater ermüdete immer noch schnell, viel zu schnell, wie sie beide fanden, trotzdem hielt er die Wohnung in Ordnung. Er erledigte die Einkäufe, kochte für sie und versuchte, einen Arbeitsplatz zu finden.

„Wie geht es dir, Paps?“, rief sie fröhlich und betrat das Wohnzimmer. Er saß auf dem Sofa, den Laptop auf den Knien und Saba, ihre letzte Katze, neben sich.

Er schüttelte traurig den Kopf. „Sehr zittrig heute.“

„Das wird schon wieder“, sagte sie und setzte sich auf die Lehne. „Was machst'n da?“

„Ein Züchter hat mir eine Mail geschrieben und mich um meinen Rat gefragt. Ich antworte ihm.“

„Das ist aber eine lange Nachricht.“

Ihr Vater errötete ein wenig. „Ich dachte, ich meine, weil ich ja nichts zu tun habe. Ich schreibe einfach alles auf, was ich weiß."

„Gute Idee", sagte Larissa. „Dann hast du bei Anfragen die Antworten gleich parat."

Er strahlte sie an.

„Genau, und wenn ich mal wieder im Krankenhaus bin, dann kannst du meine Mails beantworten. Ich muss nur noch eine geeignete Struktur finden." Er schob den Laptop von seinen Knien auf den Tisch. „Es gibt Tortellini in Sahnesoße. Hast du Hunger mitgebracht?"

‚Natürlich nicht', dachte sie. Ich habe gerade eine Tote gefunden.

Nein, ich habe keinen Hunger. Sollte sie das sagen? Wohl kaum. Stattdessen lächelte sie bemüht.

„Ich hole mir einen Teller voll. Soll ich dir was mitbringen?"

„Nein, nein", sagte er und rappelte sich auf. „Wir essen in der Küche am Tisch, wie es sich gehört."

Larissa bewunderte ihren Vater. Er war nicht nur dem Tod von der Schippe gehüpft, obwohl alle ihn abgeschrieben hatten, er ließ sich auch nicht unterkriegen. Jedenfalls nicht in ihrem Beisein.

Ihre Mutter dagegen hasste sie.

Gab es einen schlechteren Zeitpunkt, um sich für die Karriere und gegen ihre Familie zu entscheiden?

Wohl kaum.

Larissa hatte den Kontakt zu ihr abgebrochen, schickte Briefe und Pakete ungeöffnet zurück, löschte Mails ungelesen. Sie wusste, dass ihre Mutter für ihren

Unterhalt zahlen musste. Sie konnten nicht darauf verzichten, das gefiel ihr am allerwenigsten.

Sie brauchte dringend einen Job.

6

Donnerstag

Larissa war früh ins Bett gegangen, gleich nach den Nachrichten, in denen sie nichts über eine tote Klavierlehrerin in Hildesheim berichtet hatten.

Sie hatte gemerkt, dass ihr Vater erschöpft war, und gab ihm so die Gelegenheit, ebenfalls frühzeitig ins Bett kriechen zu können.

Doch nun wälzte sie sich. Von einer Seite zur anderen. Es half auch nichts, dass sie sich noch ein Glas Milch holte. Erstaunlicherweise waren es weder das Blut noch der zertrümmerte Hinterkopf von Charlotte Kronenbaum, die sie beschäftigten. Sie musste an Ming denken.

Wo war die Katze geblieben?

Und sie musste an den fremden Jungen denken, dem sie in der Tür begegnet war.

Immer wieder stellte sie sich vor, wie sein Gespräch mit dem Kommissar lief. Konnte er sie beschreiben? Bestürzt stellte sie fest, dass sie sein Bild ganz genau vor Augen hatte. Dunkelblonde Haare, graue Augen und ein Tunnel im Ohr. Ein Piercing in der Augenbraue? Definitiv. Ein silberner Stift.

Sie brauchte nur die Augen zu schließen, schon sah sie ihn vor sich. Und genau das war das Problem. Wie sollte sie einschlafen? Mit diesem Bild vor Augen?

Kurz versuchte sie, sich daran zu erinnern, wie er gerochen hatte. Schließlich war sie gegen ihn geprallt, unter seinem Arm hindurchgeschlüpft. Außer Waschpulver hatte sie nichts wahrgenommen, glaubte sie zumindest.

Wütend stopfte sie ihr Kopfkissen zu einem Knäuel zusammen und warf sich darauf. Wie dämlich war sie eigentlich?

So exakt, wie sie sich an ihn erinnerte, würde er sie dem Phantombildzeichner schildern. Wie lange dauerte es im Allgemeinen, bis so ein Bild in den Zeitungen veröffentlicht wurde?

7

Freitag

Irgendwann musste sie doch eingeschlafen sein, da das schrille Klingeln ihres Weckers sie auffahren ließ. Sie schwang sofort die Beine aus dem Bett und schaltete den Lärm ab. Sie musste unbedingt duschen.

Anschließend stand sie lange vor ihrem Kleiderschrank und überlegte, was sie anziehen sollte.

Gestern hatte sie Jeans und ein Sweatshirt getragen, dazu ihre dunkelblaue Regenjacke. Was konnte sie überstreifen, um heute so anders wie nur möglich auszusehen?

Bunt. Sie besaß noch eine rote Strickjacke, ein bisschen eng, aber auch das war im Vergleich zum schlabberigen Sweatshirt vom Vortag eine Abweichung. Eine Bluse, schwarze Jeans. Ein Tuch fiel ihr in die Hand. Prüfend hielt sie es vor ihr Gesicht. Sie hatte es nie versucht. Schnell hatte sie es zusammengerollt und es sich um den Kopf geschlungen. Das sah verdammt scheiße aus.

Aber anders.

Trotzdem, damit machte sie sich zum Affen. Viel schlimmer, damit fiel sie auf, und genau das wollte sie doch vermeiden.

Sie hatte nicht die geringste Ahnung, ob der Typ ebenfalls auf die Walter-Gropius-Oberschule in Ochtersum ging. Gesehen hatte sie ihn dort bisher nie. Aber sie wollte kein Risiko eingehen.

Sie entschied sich, ihre Haare mit Gel und einem Haargummi zu bändigen. Das musste reichen.

Als sie in den Bus stieg, saß Elena bereits drin und winkte ihr zu. Sie hatte einen Platz freigehalten. Wohl oder übel setzte sich Larissa neben sie. Elena war ihre Freundin, sie wollte sie nicht noch mehr vor den Kopf stoßen.

Sie lächelte ihr zu. „Na, hattet ihr Spaß gestern?"

Elena winkte ab. „Von wegen. Wir sind noch nicht einmal bis zur Arneken Galerie gekommen. Sarah ist umgeknickt, wir haben den halben Nachmittag in der Notaufnahme des Krankenhauses zugebracht. Jetzt sitzt sie mit einem Gips zu Hause."

„Ach, die Arme. Wie ist das denn passiert?"

Elena zeigte auf ihre Boots. „Wie ich immer sage, wer schön sein will, muss leiden."

„Stöckelschuhe?"

„Pumps."

„Hat sie starke Schmerzen?"

„Gestern schon. Heute Morgen habe ich sie noch nicht gesprochen."

„Sie konnte bestimmt keine Minute schlafen. Sie tut mir echt leid."

Elena verzog das Gesicht zu einer Grimasse. „Mir nicht. Immerhin braucht sie heute nicht den Englisch-Test zu schreiben."

Larissa erblasste.

Elena legte ihr eine Hand auf den Arm. „Hast du auch nicht dran gedacht?"

Larissa schüttelte den Kopf.

„Mach dir nichts draus, ich ebenfalls nicht. Mein Handy hat es mir heute Morgen freundlicherweise mitgeteilt."

„Ich weiß nicht mal, was drankommt."

„Hauptsächlich Tenses. Wiederholung."

„Die kann ich eigentlich."

„Eigentlich ist gut."

Die beiden Mädchen sahen sich an und grinsten.

An jeder Haltestelle scannte Larissa die Wartenden. ER war nicht dabei. Sie atmete jedes Mal hörbar auf. Elena sah sie zwar fragend an, sagte aber nichts. Je näher sie der Schule kamen, umso entspannter fühlte Larissa sich.

Die Polizei hatte nicht im Morgengrauen vor ihrer Tür gestanden. Der Typ ging offensichtlich nicht auf ihre Schule. Wahrscheinlich hatte sie sich völlig unnötig Sorgen gemacht. Wahrscheinlich war er so verblüfft gewesen über ihren Zusammenstoß, dass er sie gar nicht richtig gesehen hatte. Typisch Junge eben.

Sie hakte sich bei Elena unter und schlenderte mit ihr gemeinsam auf das große Eingangstor zu.

Sie brachten die Klassenarbeit hinter sich, überlebten zwei Stunden Chemie, Mathe und Erdkunde, bevor sie zum Mittagessen in die Cafeteria gingen. Seit ihr Vater Hartz IV bezog, besaß Larissa eine Dauerkarte fürs Mittagessen, wenn sie Nachmittagsunterricht hatte. Das Bildungs- und Teilhabepaket sorgte dafür, dass sie nur einen Euro zahlen musste. Durch die Dauerkarte wusste niemand, dass sie vom Staat gesponsert wurde. Wenigstens eine Sache, bei der sie mit den anderen mithalten konnte. Sie mochte das Essen meistens. Heute auch, und sie war erstaunt, wie hungrig sie trotz allem war.

Elena und sie saßen allein an einem Tisch am Fenster. Sie hatten bereits aufgegessen und unterhielten sich noch, fast wie früher.

Elena kramte eben ihr Handy heraus, um Sarah eine SMS zu schicken, dass sie in zehn Minuten ohne sie in den Nachmittagsunterricht gehen würden, als sie IHN sah. Er ging draußen am Fenster vorbei und ... bemerkte sie nicht. Ganz sicher? Larissa wandte den Kopf, sodass sie ihn beobachten konnte. Nein, er schaute sich nicht um.

Sie tippte Elena an. „Sag mal, kennst du den?"

Elena arbeitete für die Schülerzeitung und kannte auch Leute aus der Oberstufe.

Elena warf nur einen flüchtigen Blick auf ihn. „Nee, nie gesehen. Muss neu sein." Sie tippte weiter. Dann stutzte sie und beugte sich noch einmal vor, um ihm hinterherzuschauen. „Gefällt er dir?"

„Red keinen Quatsch."

„Wieso fragst du denn?"

„Ach, ich glaub, ich habe den gestern im Park bemerkt. Fährt ganz gut Skateboard."

„Also doch. Er interessiert dich. Soll ich was über ihn herausfinden?"

Larissa schüttelte den Kopf. „Besser nicht."

„Aber du sagst mir Bescheid, wenn du Hilfe brauchst, ja? Falls er wirklich neu auf unserer Schule ist, könnte ich ihn ja mal für die Schülerzeitung interviewen, oder?"

‚Das war durchaus eine Möglichkeit', dachte Larissa. Doch im Moment wollte sie seine Aufmerksamkeit lieber nicht auf sich lenken.

Sollte er sie tatsächlich bei der Bullerei verpfiffen haben, konnte sie Elena immer noch bitten, etwas über ihn herauszufinden, etwas, das ihn total unglaubwürdig erscheinen ließ, wenn seine Aussage gegen ihre stand.

Vielleicht war er ja von seiner letzten Schule geflogen, weil er ...

Scheiße, jetzt stand er in der offenen Eingangstür der Cafeteria und sah zu ihr herüber.

8

Freitag

Er kam auf sie zu.

Direkt, ohne Umweg.

Dabei lächelte er.

Larissa klammerte sich an der Tischkante fest. Am liebsten wäre sie aufgesprungen und weggelaufen. Aber das machte sie noch verdächtiger.

Vielleicht nur ein Zufall, dass er auf sie zukam.

Ausgerechnet auf sie.

Elena war noch immer mit ihrem Handy beschäftigt. Sie zuckte zusammen, als er an ihren Tisch trat und „Hi" sagte.

„Wisst ihr, wo ich die Dauerkarten fürs Mittagessen bekomme? Man hat mir gesagt, hier gäb's einen PC, an dem man die ausdrucken kann."

Er sah anfangs Larissa an, erst als diese nicht antwortete, richtete er seinen Blick auf Elena.

Die machte eine aufmunternde Geste, doch Larissa schüttelte sachte den Kopf. Also stand Elena seufzend auf. „Komm mit, ich zeig's dir."

Die beiden entfernten sich. Larissa konnte hören, dass Elena ihn sofort in ein Gespräch verwickelte. Garantiert würde sie ihr später alles brühwarm erzählen.

Larissa sah den beiden hinterher. Was sollte das? Was wollte er? War das ein Trick, um sie aus der Fassung zu bringen? Die Schritte der beiden wurden leiser. Larissa fiel auf, dass außer ihr und Elena nur noch zwei Fünftklässler an einem Tisch saßen und mit irgendwelchen Karten spielten.

Vielleicht doch ein Zufall?

Elena stürzte mehrere Minuten nach dem Klingeln, aber gerade noch vor dem Deutschlehrer, in den Klassenraum. Sie schimpfte: „So ein Blödmann. Ich erklär ihm alles, und plötzlich überlegt er es sich doch anders."

„Wie meinst du das?"

„Ich hab ihm gezeigt, wie das System funktioniert. Dann hat er sich bedankt, hat gesagt, er hat's kapiert, und ist davonmarschiert."

„Vielleicht musste er auch in den Unterricht?", schlug Larissa vor.

„Vielleicht!" Elenas Stimme klang skeptisch.

„Hast du ihn gefragt, wie er heißt?"

„Ja!"

„Und?"

„Er hat mir nicht geantwortet."

Larissa war perplex. „Wieso nicht?"

„Keine Ahnung."

Larissa fürchtete sich vor der nächsten Frage. Doch sie musste sie stellen. „Hat er sich nach mir erkundigt? Nach meinem Namen?"

„Nein, er wollte nur wissen, ob du Klavier spielst."

Wie betäubt saß Larissa im Bus. Sie hatte sich ziemlich abrupt von Elena verabschiedet. Sie schwänzte den Nachmittagsunterricht, denn sie wollte allein sein. Sie musste allein sein. Was wollte der Kerl?

Sie war überzeugt davon, dass er sie erkannt hatte, ja, dass er sie gezielt gesucht hatte. Nur dann ergab die Frage nach dem Klavierspielen einen Sinn. Sie hätte mitgehen sollen, als Elena ihm das Bestellsystem erklärte. Vielleicht hätte sie Elenas verhängnisvolle Antwort verhindern können, und er wäre wieder aus ihrem Leben verschwunden.

Der Bus hielt vor dem Museum, und Larissa stieg aus. Er stand an das Wartehäuschen gelehnt, ein Fahrrad an der Hand und lächelte.

Und nun? Sollte sie auf ihn zugehen, ihn ignorieren, weglaufen? Larissa zögerte.

Er nutzte diesen Moment und kam auf sie zu.

Larissas Körper spannte sich an. „Was willst du?“, fragte sie angriffslustig.

„Nur mit dir reden“, antwortete er und kam ein Stückchen näher.

Larissa wich zurück. „Da gibt es nichts zu reden.“ Noch während des Sprechens drehte sie sich um und wollte davoneilen.

„Du willst doch auch wissen, wer sie umgebracht hat, oder?“

Entsetzt fuhr sie herum. „Ich weiß nicht, wovon du sprichst.“ Sie hörte selbst, dass sie hysterisch klang.

„Es steht heute in der Zeitung. Alle können davon wissen.“ Seine Stimme klang bittend. „Du hast sie vor mir gefunden, stimmt's?“

Larissa versuchte, in seinen Augen zu lesen, fand aber nichts. Sein Blick wirkte leer.

„Nein“, rief sie. „Ich weiß überhaupt nicht, wovon du sprichst.“

Er stand nun ganz dicht neben ihr. Sie konnte riechen, dass er geschwitzt hatte. „Bitte, die Polizei ..."

Larissa ließ ihn nicht ausreden. „Ich weiß von nichts. Lass mich in Ruhe." Sie wandte sich ab und ging davon.

„Das wird die Polizei aber anders sehen", sagte er, und jetzt klang seine Stimme weder freundlich noch einschmeichelnd.

Larissa ging auf direktem Weg nach Hause. Sie drehte sich mehrmals zu ihm um. Jedes Mal stand er bewegungslos an der Bushaltestelle und starrte auf den Boden. Sie atmete auf, als sie um die Ecke bog. Endlich konnte er sie nicht mehr sehen. Sie rannte los, verschwand im Hausflur, bevor er auf die Idee kam, ihr zu folgen. Er sollte auf keinen Fall wissen, wo sie wohnte.

Sie stutzte, als sie die Tür aufschloss. Stimmen aus der Küche. Ihr Vater hörte eigentlich nie Radio. Hatte er Besuch? Frauenbesuch. Larissa klopfte an, bevor sie in die Küche trat.

Sie erkannte die Frau sofort.

„Guten Tag, ich bin Lydia Sarkos, Kriminalkommissarin", sagte sie und streckte Larissa die Hand hin.

„Sie sind Chris' Mutter, ich weiß", antwortete Larissa und sah fragend zu ihrem Vater.

„Frau Sarkos hat eine traurige Nachricht für dich", er stockte, „für uns."

„Bitte, setz dich doch zu uns." Die Kommissarin zeigte auf die Bank an der Wand.

Erschrocken gehorchte Larissa. Sie versteckte ihre Hände unter dem Tisch und drückte sie fest zusammen, damit niemand sah, wie sehr sie zitterten.

„Ich weiß, das ist jetzt ein Schock für dich. Aber wir brauchen deine Hilfe, und irgendwann wirst du es sowieso erfahren."

Sie unterbrach sich, holte noch einmal Luft, sah Larissa direkt in die Augen. „Frau Kronenbaum ist gestern gestorben."

Larissa hörte die Worte, obwohl ihr Blut so laut in den Ohren rauschte, dass sie glaubte, ihr Kopf würde gleich platzen. „Tot?", hauchte sie.

Das war ja unglaublich. Die Sarkos informierte sie über den Tod von Frau Kronenbaum, das, das konnte doch nur bedeuten, dass sie nicht wusste, dass Larissa die Tote bereits gesehen hatte. Unfassbar. Sie musste jetzt ganz vorsichtig sein, durfte sich nicht selbst verraten. Was sollte sie sagen?

„Sie war doch nicht krank, oder? Hatte sie ... einen Unfall?"

„Hm, du hast noch keine Zeitung gelesen heute?"

Larissa spürte, dass sie errötete. Hoffentlich dachte die Polizistin, dass es ihr peinlich war, weil sie sich nicht fürs Zeitunglesen interessierte. Das Zeitungsabo war eines der ersten Dinge gewesen, die sie seit Hartz IV eingespart hatten. Immerhin konnte sie die Nachrichten im Radio hören.

„Nein, keine Zeit, warum?"

„Die Hildesheimer hat darüber berichtet." Frau Sarkos blickte ihr prüfend ins Gesicht. „Frau Kronenbaum wurde ermordet."

„Ermordet?", echote Larissa. Äußerlich reagierte sie betroffen, doch innerlich jubilierte sie. Die wissen nicht, dass ich noch einmal da war.

„Ich kann dir aus ermittlungstaktischen Gründen nicht viel mehr sagen als in der Zeitung stand. Sie wurde erschlagen, in ihrer Küche."

„Wann denn?"

„Soweit sind wir noch nicht. Jedenfalls wurde sie um 17.25 Uhr von einem ihrer Klavierschüler gefunden."

Ihr Vater mischte sich ein. „Larissa hatte von 15.00 bis 16.00 Uhr Unterricht."

„Das wissen wir aus dem Kalender, den Frau Kronenbaum geführt hat. Danach kam eine Mutter mit ihrer achtjährigen Tochter. Der Schüler, der für die Stunde ab 16.30 Uhr angemeldet war, hatte sich wohl krankgemeldet."

‚Und anschließend war der Typ mit dem Fahrrad an der Reihe gewesen', dachte Larissa. Sie gab ein mitfühlendes Geräusch von sich. „Vor mir ist Juliane Gernrich dran, die geht auch auf unsere Schule."

„Stimmt. Das heißt, du warst etwas früher da und hast sie noch getroffen?"

„Ja und nein."

Die Kommissarin schaute verblüfft von ihrem Block auf, den sie vor sich auf den Tisch gelegt hatte. Erstaunlicherweise schrieb sie mit einem Bleistift. „Was soll das heißen?"

„Ich war zwar früher da, doch ich habe Juliane nicht getroffen."

„Sie war aber da."

„Das schon, ich habe sie spielen hören. Deswegen bin ich in die Küche gegangen und habe einen Tee getrunken." Larissa dachte darüber nach, ob sie den

Streit zwischen Simona Lubert und Frau Kronenbaum erwähnen sollte.

Doch die Kommissarin kam ihr zuvor. „Dort trafst du auf Frau Lubert, die Partnerin ..."

„Nein, nein, sie ist nach mir in die Küche gekommen."

Lydia Sarkos notierte sich etwas. „Okay, sie sagte, ihr hättet über ihr Engagement in Berlin gesprochen."

„Wir haben nur ein paar Sätze gewechselt, bevor Frau Kronenbaum mich bat, ins Musikzimmer zu gehen und mich aufzuwärmen, während sie etwas mit Frau Lubert klären wollte."

„Du weißt nicht, worüber die beiden Frauen gesprochen haben?"

„Sie wollten sich voneinander verabschieden, weil Frau Lubert nach Berlin reisen wollte, glaube ich."

„Hm, gut, was für einen Eindruck hattest du von Frau Kronenbaum? War sie nach dem Gespräch irgendwie anders? Aufgeregt? Wütend? Traurig?"

Larissa schüttelte den Kopf. „Dazu kann ich nichts sagen. Ich hatte bereits angefangen, das Stück vorzuspielen, an dem ich gerade arbeite. Sie stand hinter mir. Als ich fertig war, erschien sie mir ganz normal."

„Du hast darauf geachtet?"

Vorsicht, Larissa, du sprichst mit einer Polizistin. Verlegen knetete sie ihre Finger. „Na ja, es schien mir schon so, als hätten die beiden sich gestritten, nein, nicht gestritten, das klingt zu heftig. Sie hatten eine Auseinandersetzung, waren sich nicht einig. Das trifft es besser."

„Worum ging es deiner Meinung nach?"

„Frau Kronenbaum sollte mit nach Berlin.“

„Warum?“

„Als Pianistin.“

„War Frau Lubert sehr verstimmt?“

„Eher enttäuscht.“

„Hat sie dir gesagt, warum das so war?“

„Sie hat nur von diesem Engagement gesprochen. Allerdings habe ich nicht verstanden, wo das Problem lag. Schließlich hatte sie das Engagement ja auch allein bekommen.“

Die Kommissarin nickte. „Das deckt sich mit unseren Erkenntnissen. Danke. Ist dir sonst noch etwas aufgefallen? War irgendetwas anders als sonst?“

Larissa fragte sich, worauf sie anspielen mochte. Ihr fiel nichts ein.

„Was meinen Sie?“

„Vielleicht gab es noch einen Besucher? Ging ein Telefonanruf ein, irgendetwas?“

„Nichts, nein. Aber ich hätte selbst eine Frage.“

„Zur Tat kann ich dir nichts sagen.“

„Darum geht es auch nicht. Frau Kronenbaum hatte eine Katze, Ming. Wer kümmert sich jetzt um sie?“

Larissa spürte, dass ihr Vater sie überrascht anschaute.

„Ich kann mich nicht daran erinnern, eine Katze in der Wohnung gesehen zu haben. Aber ich werde mich darum kümmern.“

„Vielleicht hat ja der Junge, der sie gefunden hat, Jeremy, oder so, sie gesehen.“

„Jeremy? Ach, du meinst Tom? Ja, den könnte ich fragen.“

‚Bingo. Der Typ heißt also Tom', dachte Larissa. Laut sagte sie: „Mein Vater hat Ming gezüchtet, wissen Sie. Eine Rassekatze mit Stammbaum."

Sie spürte deutlich, dass sie die Aufmerksamkeit der Kommissarin geweckt hatte.

„Rassekatze? Bedeutet das, dass es sich um eine wertvolle Katze handelt?"

Larissa überließ es ihrem Vater zu antworten. Er räusperte sich.

„Das ist nicht ganz einfach zu beantworten. Wenn Sie eine Maine-Coon wie Ming einfach nur als Haustier halten wollen, müssen Sie weniger als dreitausend Euro anlegen. Für einen Züchter hingegen lässt sich der Wert für eine so hochgezüchtete Katze gar nicht beziffern."

‚Zwei Jahre Klavierunterricht', dachte Larissa. ‚Kein schlechter Tausch. Für beide Seiten.'

„Ich finde dreitausend Euro schon ganz beachtlich", sagte Frau Sarkos. Sie notierte noch etwas. Dann sah sie fragend von Vater zu Tochter. „Kannte Frau Kronenbaum den Wert der Katze?"

„Selbstverständlich. Wieso fragen Sie?"

„Nur so, könnte ja auch sein, dass Ming ein Geschenk war."

Schnell antwortete Larissa: „Frau Kronenbaum hatte sogar eine Krankenversicherung für Ming abgeschlossen."

„Okay, vielleicht hast du uns damit einen entscheidenden Hinweis gegeben. Danke. Gut, dass ich beschlossen hatte, alle zu befragen, die gestern in der Wohnung waren."

Ihr Vater begleitete die Kommissarin nach draußen. Wie betäubt saß Larissa auf ihrem Stuhl. Dieser Tom hatte sie nicht verraten. Was wollte er also von ihr?

War es möglich, dass jemand Ming stehlen wollte und dabei überrascht wurde? Musste die Kronenbaum sterben, weil sie, Larissa, ihren Musikunterricht mit einer Rassekatze bezahlt hatte?

Und noch viel wichtiger: Wo befand sich Ming jetzt?

9

Freitag

Währenddessen ...

Wieder hatte er die Panik in ihren Augen gesehen.

Aber keine Angst.

Wie Angst aussah, wusste er. Von seiner Mutter.

Angst, die sie zu einem zitternden Kaninchen machte, das auf sein Verderben starrte und nichts unternahm, nicht weglief, sich niemals wehrte.

Das in Larissas Augen sah anders aus.

Würde sie sich wehren?

Wahrscheinlich.

Doch er verstand noch immer nicht, warum sie sich so verhielt. Warum sie leugnete, etwas vom Tod von Charlotte Kronenbaum zu wissen.

Gleichzeitig stellte er sich zum wiederholten Mal die Frage, was sie überhaupt zu diesem Zeitpunkt im Haus getan hatte? Anderthalb Stunden nach dem Ende ihrer Übungseinheit?

War sie wegen Viktor gekommen? Das war eine Möglichkeit, die ihm halbwegs plausibel erschien. Larissa und Viktor. Die verliebte Zehntklässlerin spioniert dem allseits beliebten Oberstufenschüler hinterher, will ihn rein zufällig, versteht sich, treffen, wenn er vom Unterricht kommt. Vielleicht, um ihm zu zeigen, dass sie das gleiche Hobby hat, dass sie auch musikalisch begabt ist.

Nur dass der angehimmelte Viktor die Kronenbaumsche Wohnung weder betritt noch verlässt. Also geht sie nachsehen, wo er bleibt. Es könnte auch sein, dass sie direkt hineinspaziert ist, um sich einen Tee zu nehmen und anschließend so zu tun, als hätte sie etwas überaus Dringendes mit der Kronenbaum zu besprechen.

Dieses Szenario gefiel ihm.

Nur blöd, dass er das jetzt ausbaden sollte.

He! Er pfiff durch die Zähne. Vermutlich dachte sie, Viktor war der Mörder und wollte ihn beschützen.

Hm, würde sie einen Mörder schützen?

Wer wusste schon, was verliebte Hühner taten?

Abschätzend rollte er mit den Augen.

Mädchen waren ihm ein Rätsel.

Egal, was die Kerle taten, Mädchen fanden immer einen Weg, es sich schönzureden.

Da kam der Bus.

Entspannt lehnte er sich gegen die Bushaltestelle, sein Fahrrad vor sich. Er hielt es locker mit zwei Fingern am Sattel fest.

Sie hatte ihn bereits bemerkt, bevor sie ausgestiegen war.

Larissa zögerte.

Er nutzte diesen Moment und ging auf sie zu.

Larissas Körper spannte sich deutlich sichtbar an. „Was willst du?", fragte sie angriffslustig.

„Nur mit dir reden", antwortete er und ging noch ein Stückchen näher an sie heran. Er wollte nicht schreien müssen.

Larissa wich zurück.

„Da gibt es nichts zu reden."

Noch während des Sprechens drehte sie sich um und wollte davoneilen.

Jetzt ging es nicht anders. Er erhob seine Stimme, sodass sie ihn garantiert hören musste: „Du willst doch auch wissen, wer sie umgebracht hat, oder?"

Entsetzt fuhr sie herum. „Ich weiß nicht, wovon du sprichst." Sie hörte wohl selbst, dass sie hysterisch klang, denn sie hielt sich mit der Hand den Mund zu und sah sich prüfend um, ob irgendjemand ihnen zugehört hatte.

Er nutzte die Gelegenheit und näherte sich ihr wieder, sodass er mit gedämpfter Stimme sprechen konnte. „Es steht heute in der Zeitung. Alle können davon wissen." Seine Stimme klang bittend. „Du hast sie vor mir gefunden, stimmt's?"

Doch sie antwortete ihm nicht, sah ihn nur wieder mit diesem seltsamen Ausdruck an und lief davon. Bei Rot über die Ampel.

Er blieb stehen und beobachtete sie. Sie rannte die Straße hinunter, schaute sich noch einmal zu ihm um, bevor sie um die Ecke bog.

Glaubte sie ernsthaft, er wusste nicht, wo sie wohnte?

Im Zeitalter von Google und Facebook kostete ihn das weniger als eine halbe Stunde, so viel über sie zu erfahren, dass er sich ein ungefähres Bild von ihr machen konnte.

So sah sozialer Abstieg aus.

Aus dem Einfamilienhaus in Ochtersum in eine Zweizimmerwohnung am Alten Markt. Vom gefeierten Katzenzüchter zum Frührentner oder wie immer man das nannte.

Na ja, das hatte er schon vorher gewusst, okay, geahnt. Sie war so stolz auf ihre Main-Coon gewesen und hatte ihm überglücklich von dem Deal erzählt, den die Kronenbaum gemacht hatte. Katze gegen Unterricht. Sie war sogar noch besorgt gewesen und hatte ihn gefragt, ob sie da wohl eine Notlage ausnutzte. Ausgerechnet ihn hatte sie das gefragt, der sich seinen Unterricht mit Dutzenden von Überstunden erarbeiten musste.

Damals hatte er sich darüber geärgert. Er hatte sogar überlegt, ob er ihr auch ein Tauschgeschäft anbieten konnte. Ein Buffet für sie zaubern, wenn sie ihren Geburtstag feierte oder so.

Doch dann war er davon abgekommen.

Es war besser, wenn niemand etwas davon wusste, dass er die Überstunden überhaupt bezahlt bekam.

Bezahlt.

Bezahlt?

Er tastete in seiner Anorakjacke nach dem Kuvert.

Natürlich! Er hatte es nicht abgegeben.

Zum Glück.

Und die anderen? Die, die vor ihm Unterricht gehabt hatten?

Garantiert hatten die ihre Kuverts in die Schale gelegt, wie jeden Monat.

Wenn er sich doch nur daran erinnern könnte, ob sie dort gelegen hatten, als er im Musikzimmer gewartet hatte. Wenn nicht, ergab sich plötzlich ein völlig anderer Grund, aus dem die liebe, unschuldige, unwissende Larissa noch einmal in die Wohnung der Kronenbaum zurückgekehrt war und vor allen Dingen, warum das niemand wissen sollte.

Hatte sie gewusst, dass Viktor abgesagt hatte?

In dem Fall brauchte sie nur in die Wohnung zu schleichen, nachdem Evi und ihre Mutter gegangen waren. Frau Kronenbaum saß dann zur Entspannung in der Küche, während sie auf den nächsten Schüler wartete.

Wahrscheinlich war es nicht schwierig, sich ins Musikzimmer zu schleichen, die Kuverts mit dem Geld zu holen und sich wieder zu verdrücken.

Nur dass dabei etwas schiefgegangen war.

Entweder lag die Tote da bereits in der Küche oder ...

Er ging einen Schritt auf den Bordstein zu. ... oder die Kronenbaum hatte sie erwischt und zur Rede gestellt.

Tom überlegte. War das diese Art Panik, die er in ihren Augen gesehen hatte?

10

Freitag

Larissa hatte den Rest des Nachmittags in ihrem Zimmer verbracht. Zuerst hatte sie nur so da gesessen, ohne sich zu bewegen, aber auch ohne etwas zu denken. Ihr Gehirn war wie leer geblasen. Sie fühlte sich dumpf und bedrückt, merkte erst nach mehr als einer Stunde, dass sie so unbequem saß, dass ihr linkes Bein eingeschlafen war.

Mühsam stand sie auf und schlich auf und ab.

Lag ein Fluch auf ihr?

Ging alles kaputt, was sie anfasste?

Erst ihre Oma, unmittelbar nachdem sie die Ferien bei ihr verbracht hatte. Dann die Krankheit ihres Vaters. Das Verschwinden ihrer Mutter. Schließlich war der beste Zuchtkater ihres Vaters gestorben, während er im Krankenhaus lag und sie sich um die Tiere gekümmert hatte. Ein Rückschlag, der das Ende seiner Selbstständigkeit besiegelte. Und nun ihre Klavierlehrerin Charlotte Kronenbaum. Wahrscheinlich war es besser, wenn sie sich von allen Menschen fernhielt.

Sobald sie auf Klassenfahrt ging, blieb der Bus liegen. Wollte sie ein Flugzeug erreichen, stand der Verkehr auf der A 7. Und wie war das, als Elena sich letztes Jahr das Bein gebrochen hatte? Ohne sie wäre sie niemals nachts auf diese Mauer geklettert.

Das Leben war einfach scheiße.

Nun klopfte auch noch ihr Vater an der Tür. Was sollte das jetzt? Konnte er sie nicht schlicht in Ruhe lassen?

„Ja!“ Sicher hatte er gehört, dass sie genervt klang. Es tat ihr sofort leid, als er fragend seinen Kopf durch den Türspalt steckte. „Störe ich? Ich würde gern ein Stück spazieren gehen. Eine Runde durch den Magdalenengarten, das schaffe ich heute Abend sicherlich. Was hältst du davon? Gehst du mit?“

Zuerst wollte Larissa ablehnen, doch dann sagte sie zu. Sie hatte eh nichts Besseres vor, und Hausaufgaben machen war nicht wirklich eine Option.

„Klar, ein bisschen frische Luft wird mir guttun.“

Sie sah, wie sehr ihr Vater sich freute, und fühlte sich gleich deutlich wohler.

„Du solltest wieder mehr unter Leute gehen, unter junge Leute“, sagte er sanft und zog die Tür zu.

Larissa seufzte. Er hatte gut reden. Was konnte man mit anderen Leuten in der Freizeit schon anstellen, das nichts kostete?

Sie warf ihre Jacke über und ging auf den Flur.

Den Weg zum Magdalenengarten hin schaffte ihr Vater problemlos. Nachdem sie zur Hälfte um den Garten herumgegangen waren, setzten sie sich in eine der Lauben auf eine Bank. Er atmete schwer, hatte nicht genug Luft, um sich mit ihr zu unterhalten.

Sie betrachtete eine Löwenzahnblüte, die direkt neben dem Bein der Bank im Wind schwankte. Die Pflanze war klein und schmutzig und wuchs schief um das Bein herum, aber sie blühte, und sie würde bald ihre Schirmchen in die Welt hinausschicken.

„Bist du traurig, Spatz?"

Larissa nickte. „Klar, ich weiß noch gar nicht, was ich dazu sagen soll."

„Ob sie wirklich wegen Ming sterben musste?", fragte ihr Vater leise.

„Nein, auf keinen Fall. Rede dir das bloß nicht ein." Larissa hatte ihm so heftig widersprochen, dass sie beide lachen mussten.

„Darüber hast du auch schon nachgedacht, oder?", fragte er, urplötzlich wieder ernst.

Sie lächelte ihm zu. Er legte seine Hand auf ihre. So saßen sie da und sahen der Sonne beim Untergehen zu.

Schließlich bemerkte Larissa, dass ihr Vater vor Kälte zitterte. „Lass uns nach Hause gehen. Mich fröstelt."

Er verzog einen Mundwinkel, woran sie erkannte, dass er sie durchschaut hatte. Gehorsam stand er auf und ging ein paar wackelige Schritte vor ihr her über den Kies. Sie lief zu ihm und hakte ihn unter. Der Heimweg dauerte eine gefühlte Ewigkeit.

Sie entdeckte das Fahrrad sofort, als sie in den „Alten Markt" einbogen. Unwillkürlich verstärkte sich ihr Griff um den Arm des Vaters. Sie scannte die Schatten der Hauseingänge. Wo versteckte er sich? Würde er sie ansprechen, solange ihr Vater dabei war?

Erst als er die Haustür aufschloss, tauchte Tom neben einem der dicken Straßenbäume auf. Er winkte Larissa zu sich heran. Sie ignorierte ihn.

„Komm runter, nachdem du ihn ins Bett gebracht hast“, flüsterte er ihr zu.

„Verpiss dich“, wisperte sie zurück und betrat dicht hinter ihrem Vater das Haus.

„Hast du was gesagt?“, fragte er.

„Ich hab mich nur geräuspert“, sagte sie und zog ihn die Treppe hinauf.

Kaum saß sie allein in ihrem Zimmer, fuhr sie den Rechner hoch.

Wäre doch gelacht, wenn sie nichts über diesen Tom herausfinden würde. Was wollte der Idiot von ihr?

Da sie nur seinen Vornamen kannte, machte es wenig Sinn, ihn direkt zu googeln.

Sie öffnete ihren Facebookaccount und stellte fest, dass sie sich die Suche sparen konnte.

Er hatte ihr eine Freundschaftsanfrage geschickt.

Annehmen?

Ignorieren?

Melden?

Nein, sie wollte unbedingt mehr über ihn erfahren.

Mit einem leicht mulmigen Gefühl klickte sie auf ‚Annehmen‘. Es dauerte nur Sekunden, bis sie sich durch seinen Account klicken konnte.

Tom Seeliger. Wohnhaft in Hildesheim, wer hätte das gedacht?

Er mochte ‚How I met your mother‘, ‚League of Legends‘ und ‚Subways‘. Wahnsinnig interessant. Keine Angabe zur Schule oder Arbeitsstelle.

Er hatte die David-Garrett-Seite geliked.

Larissa klickte sich durch seine Freunde. Sie besaßen nur drei gemeinsame.

Ungewöhnlich.

Willkürlich wählte sie einige seiner Freunde aus und schaute sich auf deren Profil um. Barsinghausen schien eine der vorherrschenden Gemeinsamkeiten zu sein. Das bedeutete wohl eindeutig, dass er erst vor Kurzem zugezogen war, oder?

Larissa sprang zurück auf seine Hauptseite. Das Foto zeigte ihn auf seinem Fahrrad, mit Helm und Trikot. Auf seine Alben konnte sie nicht zugreifen.

Vielleicht ließ sich etwas mehr herausfinden, wenn sie ihre gemeinsamen Freunde benutzte.

Sie wollte gerade den ersten anklicken, als ein Chatfenster aufpoppte. „Warum sprichst du nicht mit mir?"

Tom!

Er wusste, dass sie on war, und er wusste, dass sie seine Nachricht gelesen hatte. Was nun?

Sie entschied sich, ihn ein wenig aus der Reserve zu locken. „Warum sollte ich?"

„Warum nicht?"

So kam sie nicht weiter.

„Ich kenne dich nicht."

„Fremde sind Freunde, die du nur noch nicht kennengelernt hast."

Sie runzelte die Stirn. Jetzt kam er ihr auch noch mit Binsenweisheiten. Das konnte sie besser. „Falsche Freunde gleichen unseren Schatten: Sie halten sich dicht hinter uns, solange wir in der Sonne gehen, verlassen uns aber sofort, wenn wir ins Dunkel geraten", tippte sie in das kleine Fenster am unteren Bildschirmrand und wartete auf seine Reaktion.

„Genau“, erschien Sekunden später.

Wie meinte er das jetzt? Sie gab drei Fragezeichen ein.

„Ich hab dich nicht verraten.“

Larissas Herz setzte einen Schlag aus. War das eine Drohung? Sollte sie sich unwissend stellen? Die Polizei verdächtigte sie nicht im Geringsten, im Gegenteil, sie hatte helfen können, hatte vielleicht den entscheidenden Hinweis gegeben. Gegenangriff.

„Hast du die Katze geklaut?“

„???“

„Ming“

„??“

„Maine-Coon.“

„?“

„Frau Kronenbaums Katze.“

„Wieso sollte ich?“

„Geldmangel?“

„Ich? Oder du?“

Erschrocken klickte Larissa das Chatfenster zu, loggte sich mit fliegenden Fingern aus, fuhr sogar den Rechner herunter.

Was wollte er damit sagen?

Wusste er etwa?

Das konnte nicht sein.

Niemand wusste davon.

Niemand.

Oder?

Wochenende

Larissa hatte es, jedenfalls in ihren Augen, zu einer wahren Meisterschaft gebracht, am Wochenende unsichtbar zu werden.

Einerseits verabredete sie sich nicht mit ihren Schulkameraden. Schulkameraden. Pah. Ein viel passenderes Wort als Freunde. Freunde klang so gleichberechtigt.

So gleichwertig.

Und das war sie auf keinen Fall.

Nicht mehr.

Egal.

Zu Hause konnte sie allerdings ebenfalls nicht bleiben. Ihr Vater nahm ihr nur ein gewisses Quantum an Hausaufgaben und Prüfungsvorbereitungen ab. Irgendwann saß er unweigerlich auf ihrem Bett und sah sie an. Sah sie einfach nur an.

Wenn sie nicht reagierte, seufzte er. Zuerst nur so, dann ihren Namen, bis sie sich schließlich umdrehte.

„Lissy, Liebes, du musst unter Leute gehen. Ich komme prima ohne dich zurecht.“ Sobald er ihren abwehrenden Blick bemerkte, fügte er an: „Jedenfalls für eine Weile.“

Meistens hielt sie seinen traurigen Ausdruck nicht lange aus. Sie fuhr den Rechner herunter, nahm ihre Jacke und ging betont freundlich nach draußen.

Samstags hatte sie kaum Probleme.

Kalenberger Graben.

Magdalenengarten.

Oder das Kontrastprogramm.

Fußgängerzone.

Arneken Galerie.

Auch im Media Markt und in den Möbelhäusern in Bavenstedt konnte man sich lange aufhalten, ohne aufzufallen.

Unter der Woche kamen noch die Stadtbibliothek und die Buchhandlungen in Betracht. Manchmal sogar die Citykirche.

Sonntags der Bahnhof und seine Geschäfte oder der Flohmarkt.

Sie musste nur darauf achten, immer zielstrebig zu wirken, irgendwie beschäftigt oder in Eile.

Wenn sie tatsächlich jemanden traf, den sie kannte, sollte er nicht den Eindruck gewinnen, dass sie Zeit zu vertrödeln hatte. Dass sie vielleicht Lust hätte, sich auf einen Cappuccino oder einen Eisbecher irgendwo hinzusetzen.

Das klappte hervorragend. Irgendwann war der Tag irgendwie herum.

Wenn sie abends nach Hause zurückkam, schlief ihr Vater häufig schon.

Dann war sie erleichtert.

Erleichtert, weil er Kräfte sammelte.

Erleichtert, weil sie ihn nicht anlügen musste.

Meistens ging sie auch gleich ins Bett. Sie hatte noch nie so viel gelesen und so viel geschlafen.

12

Wochenende

Währenddessen ...

Ein Brunch am Sonntagvormittag? Ihr braucht jemanden, der einspringt? Der Lehrling macht's. Keine Frage.

Ob sie ihn für beknackt hielten?

Ihm konnte es egal sein. Alles war besser, als am Sonntagvormittag zu Hause zu sein, wenn sein Vater mit einem Kater aufwachte.

Hatte er keinen Kater, war er auch nicht gut drauf, denn dann war der Samstagabend in seinen Augen eine Pleite gewesen, reine Zeitverschwendung.

Tom schälte die Mohrrüben inzwischen so geschickt, dass er kaum noch hinzuschauen brauchte.

Er wusste ebenfalls, dass sie supergut in der Zeit lagen. Da er ursprünglich für die Nachspeisen zuständig war und die bereits alle im Kühlraum standen, half er den anderen, obwohl bisher noch niemand hektisch wurde. Gerade gingen Hannes und Emma eine rauchen, und dies war immer ein sicheres Zeichen dafür, dass alles nach Plan lief.

„Zweie noch und dann bitte ganz dünne Scheiben", rief Melvyn ihm zu. „Haste eigentlich keine Freundin?"

Einen Moment lang überlegte Tom, ob er darauf eingehen sollte oder lieber so tat, als hätte er die Frage nicht gehört. „Nee, zu anstrengend", antwortete er schließlich mit einer Grimasse in Richtung des Kochs, der gerade den Braten in hauchdünne Scheiben schnitt und auf einer Servierplatte anrichtete.

„Dachte ich mir schon, weil du immer Zeit hast."

„Kochen macht mir eben Spaß", sagte Tom.

Melvyn lachte. „Gibt es außerhalb der Arbeit noch etwas, das dir Spaß macht?"

„Klar, ich spiele WOW."

„Was?"

„World of Warcraft, in einem Team, online."

Der Koch winkte ab. „Ach, ein Computerspiel. Ich meine, im richtigen Leben."

„Kannst ja mal mitspielen. Gefällt dir bestimmt. Wir schnitzeln zwar keine Möhren klein, sondern Gegner, aber sonst sehe ich keinen großen Unterschied."

Melvyn lachte. „Nun sag mal ehrlich, kein Hobby?"

Einen Augenblick lang spürte Tom den Drang, Melvyn alles zu erzählen. Von seinem Klavierunterricht, dem Mord und seinem Verdacht ... und von seinem Vater.

Doch er atmete tief durch und der Drang verging. Wie immer.

Vertrauen ist gut, Kontrolle ist besser.

Ratschläge sind auch Schläge.

Und auf Schläge konnte er gut und gerne verzichten.

Er bemerkte erst jetzt, dass Melvyn ihn scheinbar aufmerksam beobachtet hatte, denn er fragte: „Kummer?"

Tom wiegte leicht den Kopf. „Traurig trifft es eher."

Melvyn stand nur wartend da, sagte nichts. „Meine Klavierlehrerin wurde ermordet."

„Oh Gott, wie schrecklich. Davon habe ich in der Zeitung gelesen. Ein Mord, hier bei uns in Hildesheim, und du kanntest sie auch noch. Mannomann, kein Wunder, dass du dich mit Arbeit betäubst. Lass dich nicht unterkriegen, Junge." Damit widmete er sich wieder seinem Braten.

Tom staunte, dass Melvyn sich überhaupt nicht gewundert hatte, dass er ausgerechnet Klavierspielen lernte. Vielleicht war das in Melvyns Welt ganz normal.

Tom schnitt die Möhren in Scheiben und dachte dabei an Larissa.

Wie viel Geld hatte wohl in der Schale gelegen?

Viel später, als er hundemüde in seinem Bett lag, überlegte er, wie er Larissa dazu bewegen konnte, für ihn auszusagen.

Früher oder später würde die Polizei ihn erneut befragen. Irgendwann würden sie garantiert erfahren, dass das Geld verschwunden war. Wenn er sich doch nur daran erinnern könnte. In Gedanken ließ er seinen Blick durch das Zimmer streifen, allerdings war er sich nicht sicher.

Gesetzt den Fall sie hatte das Geld genommen: Musste sie das sagen, wenn sie zu seinen Gunsten aussagte? Es gab jede Menge anderer Gründe, warum sie zu Frau Kronenbaum zurückgegangen sein konnte. Er würde alle bestätigen, wenn sie sich etwas ausdachte. Eine liegen gelassene Jacke, vergessene Noten. Ja, klar, hatte sie an, ja, sicher, trug sie unter dem Arm. Alles kein Problem für ihn, solange sie der Polizei gestand, dass die Kronenbaum bereits tot war, bevor er die Wohnung betreten hatte.

Er musste Larissa nur dazu bringen, sich seine Vorschläge anzuhören. Wenn sie es geschickt anstellten, brachten sie sich damit beide aus der Schusslinie.

Genau, damit konnte er argumentieren. Er musste sich bloß noch etwas einfallen lassen, damit sie mit ihm redete. Er musste ihr Vertrauen gewinnen.

Vertrauen, hm, oder besser ihr Mitleid.

Er setzte sich noch einmal auf, fuhr seinen Computer hoch und begann zu tippen. Hoffentlich war noch genug Tinte im Drucker.

Montag

Larissa rechnete fest damit, dass er vor ihrem Haus auf sie warten würde. Aufmerksam sah sie sich um. Freude breitete sich wie ein Schluck Wodka in ihren Eingeweiden aus.

Er ist nicht da.

Ihre Erleichterung hielt nicht lange an, sie erwartete, ihn gleich zu entdecken. Sie zwang sich, um die Ecke zu biegen, ohne langsamer zu werden. Doch er stand weder an der Bushaltestelle noch vor der Schule.

Trotzdem hatte sie Schwierigkeiten, sich auf Mathematik zu konzentrieren. Elena musste ihr zweimal auf die Sprünge helfen, als der Schöndorf sie aufrief.

Als sie in die Pause gingen, blieb die Freundin in ihrer Nähe. Larissa konnte ihren fragenden Blick nicht ertragen.

„Kommst du mit in die Cafeteria? Ich will mir ein Mozzarella-Brötchen holen."

Das war ihre Chance, Elena loszuwerden. Sie konnte sich sowieso nichts kaufen. „Nee, ich muss dringend aufs Klo. Wir sehen uns nach der Pause in Bio."

Elena klang ziemlich verstimmt. „Wie du meinst."

Larissa kam absichtlich zu spät in die nächste Stunde, um Elenas inquisitorischen Fragen zu entgehen. Umso erstaunter war sie, dass der Schulleiter, Herr Rischmüller, vor der Klassenzimmertür auf sie wartete. Er räusperte sich, bevor er etwas sagte. „Guten Morgen, Larissa, in meinem Büro wartet Frau Kommissarin Sarkos. Sie möchte dich sprechen.“ Was gab es so Eiliges, dass es nicht Zeit hatte, bis die Schule zu Ende war?

„Hat sie gesagt, worum es geht?“

„Nein, leider nicht. Hast du keine Ahnung?“

„Eigentlich nicht.“

„Sie hat angedeutet, sie benötigt eine Zeugenaussage von dir. Du musst nicht allein mit ihr sprechen. Wir können deinen Vater anrufen.“ Er stockte. „Er ist doch in der Lage zu kommen, oder?“

„Nicht so gut. Zeugenaussage. Hm, vielleicht geht es um Ming.“

„Wenn du möchtest, kann ich während des Gesprächs dabei sein.“

„Meine Klavierlehrerin, Frau Kronenbaum, wurde ermordet, und ihre Katze stammt aus der Zucht meines Vaters, Sie wissen schon, bevor er krank wurde.“

„Wie schrecklich. Ich habe in der Zeitung darüber gelesen. Warst du auch in Gefahr?“

„Nein, der Täter muss nach mir gekommen sein.“

„Tragische Geschichte.“

Frau Sarkos stand vor dem Fenster und schaute auf den Schulhof hinunter, als Larissa mit Herrn Rischmüller das Büro betrat. Sie drehte sich um und schaute sie so ernst an, dass die sofort spürte, dass ihr die aktuelle Entwicklung nicht gefallen würde.

Sie beschloss anzugreifen. Mit ausgestreckter Hand ging sie auf die Kommissarin zu. „Guten Tag, haben Sie Ming gefunden?“

Lydia Sarkos nahm ihre Hand nicht. Stattdessen zeigte sie auf einen der Stühle in der Besucherecke. „Nimm bitte Platz." Zu Herrn Rischmüller sagte sie: „Würden Sie uns bitte allein lassen!" Und das war keine Frage.

Larissa versuchte, sich möglichst lässig und unbefangen zu setzen. Mit einem unschuldigen Augenaufschlag sah sie der Kommissarin entgegen, als diese sich neben sie setzte. Der Schulleiter stand noch unentschlossen in der Tür. Larissa sagte: „Danke, Herr Rischmüller, wir kommen schon klar." Er nickte ihr zu und murmelte: „Wenn du meinst, ich bin nebenan, falls du mich doch brauchen solltest."

Auf gar keinen Fall wollte sie, dass er mit anhörte, wie die Sarkos sie beschuldigte. Und ihrem Gesichtsausdruck nach zu urteilen stand der Kommissarin der Sinn nicht nach Small Talk.

„Larissa, du hast mir bei unserem ersten Gespräch nicht die Wahrheit gesagt."

„Ich weiß nicht, wovon Sie sprechen."

Die Kommissarin schlug mit der Faust in ihre Handfläche. Es klatschte so laut, dass Larissa zusammenzuckte.

„Ich habe keine Zeit für Sperenzchen. Du hast vergessen, mir zu erzählen, dass du nach deiner Unterrichtsstunde noch einmal in der Wohnung warst. Hast du von der Küche aus telefoniert oder aus dem Musikzimmer?"

„Telefoniert?"

„Um 17.18 Uhr ging ein Notruf bei der Leitstelle am Kennedydamm ein. Eine weibliche Stimme meldete einen Unfall in der Kronenbaumschen Wohnung. Was glaubst du, wessen Stimme das war?"

„Meine jedenfalls nicht." Larissa presste beide Füße flach auf den Boden, damit sie nicht zu zittern begannen.

Die Kommissarin sah sie prüfend an. Larissa wich ihrem Blick aus. Doch dann überlegte sie es sich anders und schaute hoch. „Wie kommen Sie darauf?"

„Wo warst du denn zu dieser Zeit?"

„Um halb sechs?"

„So ungefähr."

„Ich denke im Park am Marienfriedhof, ich habe meine Freundin Elena dort getroffen. Sie können sie gern fragen."

„Das werde ich, wenn es notwendig werden sollte. Denk noch einmal genau nach. Bist du dir ganz sicher, dass wir keinerlei Genmaterial von dir in der Küche oder auf der Leiche finden werden?"

„Doch, selbstverständlich. Ich habe in der Küche Tee getrunken, mich mit Frau Lubert unterhalten und Frau Kronenbaum die Hand gegeben."

„Und wen hast du angerufen?"

„Wie kommen Sie darauf?" Larissa zuckte mit den Schultern. „Egal, das Telefon lag auf dem Tisch, und ich habe es zur Seite gelegt, als ich mich mit meiner Teetasse hingesetzt habe. Natürlich sind meine Fingerabdrücke darauf." Plötzlich fiel ihr noch etwas ein. „Sie haben meine Fingerabdrücke gar nicht genommen."

„Das stimmt. Aber du hast sehr deutliche auf der Teetasse hinterlassen. Sie reichen aus, um deine

Fingerabdrücke zu identifizieren, jedenfalls solange wir dich nicht verdächtigen müssen."

„Aha, dann ist doch alles gut."

„Nicht ganz. Es gibt einen Zeugen, der gesehen haben will, wie du um 17.20 Uhr das Haus verlassen hast."

„Er lügt."

„Nun, da bin ich mir gar nicht mehr so sicher." Sie schaute auf ihre Armbanduhr. „Am bestens gehst du zurück in den Unterricht." Sie stand auf. „Komm bitte heute Nachmittag zu mir in die Dienststelle an der Schützenwiese. Wir werden deine Fingerabdrücke registrieren."

Larissa kehrte nicht in den Unterricht zurück. Sie stürmte nur in das Klassenzimmer, um ihre Tasche und die Jacke zu holen. Danach verließ sie die Schule.

Dieser Loser hatte sie verpetzt. Was für ein Wichser. Sie rannte über den Schulhof zur Bushaltestelle und erwischte den Linienbus ins Stadtzentrum gerade noch.

Sie fuhr bis zum Bahnhof. Unterwegs kreisten ihre Gedanken um die wenigen Sätze, die Frau Sarkos zu ihr gesagt hatte. Verdächtigte die Polizei sie tatsächlich, Frau Kronenbaum ermordet zu haben? So dämlich konnte doch keiner sein, oder?

Wer hatte Frau Kronenbaum als Letzte gesehen?

Die Grundschülerin und ihre Mutter.

Danach war die Kronenbaum eine knappe Stunde allein, bevor Larissa in die Wohnung zurückkehrte. Und noch ein paar Minuten später tauchte dieser Tom auf.

Sie schnalzte mit der Zunge. Das war's.

Er wurde verdächtigt.

Und versuchte nun, es auf sie abzuwälzen.

Unentschlossen stand sie auf dem Platz.

Wenn sie zugab, dass sie die Tote vor ihm entdeckt hatte, war er aus dem Schneider.

Gleichzeitig machte sie sich damit selbst zur Hauptverdächtigen.

‚Ohne mich!', dachte sie.

Montag

Der Weg bis zum Haus der Kronenbaum kam ihr viel kürzer vor als sonst. Aus purer Gewohnheit atmete sie tief durch und sprintete die Treppe hinauf. Erst auf dem Absatz in der zweiten Etage wurde sie langsamer. Ob die Wohnung versiegelt war, wie sie es aus dem Fernsehen kannte?

Vielleicht war es eine gute Idee, erst einmal einen Stock weiter nach oben zu steigen und im Vorbeigehen zu schauen?

Sie ging so langsam, dass sie zum ersten Mal die Namensschilder an den ganzen anderen Wohnungen bewusst wahrnehmen konnte. Lauscher, ein getöpfertes Schild mit blauen Blumen. Daneben der Name Regina Wels auf einem Messingschild und darunter ein handgeschriebener Zettel, mit Tesafilm befestigt, Lothar Wels. Das mussten die beiden sein, die Larissa vor ihrer letzten Klavierstunde kennengelernt hatte, obwohl kennengelernt wohl ziemlich übertrieben war.

Dieser Lothar war doch mit seinem Werkzeugkasten auch aus der Wohnung der Kronenbaum gekommen, ob die Polizei das wusste?

Eigentlich war es egal, denn er war viel früher dort gewesen als sie. Da hatte Charlotte noch gelebt.

Erneut spürte Larissa, dass ihr die Tränen in die Augen schossen.

Ihre Fingerspitzen fuhren über die Holztür, die sie seit beinahe fünf Jahren jeden Donnerstagnachmittag aufgedrückt hatte. Und die Tür gab nach.

Nicht abgeschlossen?

Larissa stand im Flur und hatte die Tür hinter sich wieder zugedrückt, bevor sie wusste, was sie getan hatte.

Ihr Herz klopfte als wollte es aus ihr herausspringen. Im Flur war es düster. Sie lehnte sich gegen die Wand und versuchte, sich zu beruhigen.

Warum war die Wohnung nicht versiegelt?

Warum war ...

‚Hör auf damit', dachte sie. ‚Das bringt dich nicht weiter.'

Die Wohnung roch wie immer nach altem Holz und Wachs. Die Spurensicherung hatte ihre Arbeit erledigt. Niemand rechnete damit, hier noch etwas Brauchbares zu finden.

Vermutlich hatte die Polizei nicht gewusst, dass das Schloss sich wieder aufdrücken ließ. Die Kronenbaum musste abschließen, nachdem der Unterricht beendet war, wenn sie keine überraschenden Besucher mehr haben wollte.

Larissa erinnerte sich, dass sie vor zwei oder drei Jahren einmal ihre Noten vergessen hatte. Ihr Vater hatte sie später am Abend noch einmal hier vorbeigefahren. Sie war völlig verdattert gewesen, dass die Tür sich nicht aufdrücken ließ. Auf die Idee zu klingeln, war sie gar nicht erst gekommen.

Immerhin hatte sie so viel Lärm gemacht, dass Charlotte Kronenbaum sie gehört und nachgeschaut hatte.

Damals hatte sie sich wie ein Eindringling gefühlt, als sie gemeinsam ins Musikzimmer gingen, um nach ihren Noten zu suchen. Trotzdem hatte Larissa neugierig in Richtung Küche geguckt, weil sie Töpfe klappern gehört hatte. Und eine Männerstimme, die etwas sang, das sich so ähnlich anhörte wie „I'm singing in the rain". Eindeutig kam das nicht aus dem Radio.

Natürlich hatte auch eine Klavierlehrerin ein Privatleben. Aber einen Mann in der Küche?

Damals hatte sie es so peinlich gefunden, dass sie ihre Noten geschnappt hatte und wieder aus der Wohnung gesaust war, ohne sich zu verabschieden. Als wären ihr der Teufel und Zerberus und der böse schwarze Mann gleichzeitig auf den Fersen.

Ob Charlotte noch immer mit diesem Mann befreundet war? Larissa hatte eine Idee. Vielleicht war er der Grund, warum sie keine Engagements angenommen hatte, weil sie dann so viel unterwegs sein musste.

Ob er sehr traurig war?

Auf Zehenspitzen schlich sie weiter.

Soweit sie wusste, hatte Charlotte allein hier gelebt. Ob Simona Lubert sie beerbte? Wer wohl den Flügel bekam?

Sie schob die Tür zum Musikzimmer auf. Alles unverändert. Sie schaute auf den Tisch. Die Schale war noch da. Aber die Monatskuverts waren verschwunden.

Gestohlen?

Oder von der Polizei sichergestellt?

Von Simona Lubert eingelöst, um einen Sarg zu kaufen?

Larissa erschrak. Wann war eigentlich die Beerdigung?

Sie hatte keine Todesanzeige gesehen. Im Fernsehen dauerte es immer einige Tage, bevor eine Leiche obduziert war und freigegeben wurde.

Hatte man Charlotte ebenfalls obduziert?

Larissa schüttelte sich. Darüber wollte sie überhaupt nicht nachdenken. Sie trat an den Flügel. Keine Noten auf dem Ständer. Hieß das, dass Charlotte die Zeit in der ausgefallenen Stunde nicht genutzt hatte, um selbst etwas zu spielen? Das tat sie normalerweise. Larissa wusste, dass sie sich in den letzten Wochen auf ein Konzert in Bad Gandersheim vorbereitet hatte. Jede freie Minute hatte sie zum Üben verwendet. Was hatte sie stattdessen getan?

Larissa klappte den Kalender auf. Da stand es schwarz auf weiß.

13.30 Uhr Jo-Anne Kustner
14.00 Uhr Marleene Siebert
14.30 Uhr Juliane Gernrich
15.00 Uhr Larissa Gellner
16.00 Uhr Evi Schneider
16.30 Uhr Viktor Hagen
17.30 Uhr Tom Seeliger

Dieses Arschloch. Abgesehen von Evi Schneider waren alle Namen abgehakt. Hieß das, sie hatten bezahlt? Sie überschlug den Betrag, 30 Euro die halbe Stunde, 50 die ganze, das machte insgesamt 210 Euro. Für den ganzen Monat also 840 Tacken. Das Ganze geschah am Donnerstag, also mal vier Tage. Das bedeutete, dass da rund 3200 Euro in der Schale gelegen hatten.

Nicht schlecht Herr Specht.

3200 Euro, die jetzt verschwunden waren, genauso wie Ming.

Larissa lehnte sich gegen den Flügel, ließ ihre Hände über das glänzende Holz gleiten. So wie es aussah, konnte jeder, der wollte, die Wohnung betreten, wann immer er oder sie Lust dazu hatte. Sie überlegte, ob die Polizei herausfinden konnte, wann das Geld verschwunden war. Hatte Charlotte den Dieb erwischt und wurde deswegen ermordet oder waren die Kuverts viel später weggenommen worden?

Zumindest alle Schüler wussten, dass jeden Monat nach dem Ersten so viel Geld in der Schale lag.

Und Simona Lubert.

Wie lange dauerte so ein Engagement in Berlin? Einen Abend? Ein Wochenende? Oder viel länger? Eine Saison oder so?

Egal.

Larissa war wegen Ming gekommen. Na gut, auch um zu erfahren, ob das Geld noch da war. Aber jetzt war Ming an der Reihe.

Sie ging wieder auf den Flur. Kurz zögerte sie, bevor sie die Tür zum Schlafzimmer öffnete. Dies war der einzige Raum, den sie noch nie betreten hatte.

Auf der Schwelle blieb sie stehen und schaute sich von dort aus um. Sie konnte den Katzenkorb nicht entdecken. Zögernd trat sie in den Raum.

In der Mitte stand ein Futon, das Bettzeug lag ordentlich aufgerollt am Fußende. Ein dunkler Kleiderschrank bedeckte die Wand rechts von ihr. Auf einem Regal hinter dem Futon lagen Bücher, Papiere und eine Schachtel Katzenleckerlis.

Langsam ging Larissa zum Fenster. Sie erinnerte sich noch genau, was ihr Vater ihr berichtet hatte.

„Katzenkorb im Schlafzimmer, neben der Heizung und unter dem Fenster!“ Mehr hatte er nicht zu sagen brauchen, sein Kopfschütteln sprach Bände.

Larissa hatte damals nichts erwidert, aber gedacht, dass Ming vermutlich sowieso im Bett bei Charlotte Kronenbaum schlief und nicht in ihrem Körbchen.

Ihrem Körbchen.

Das nicht im Schlafzimmer stand.

Larissa umrundete den Futon. Nichts.

Vielleicht hat Charlotte den Korb doch noch an eine andere Stelle gestellt. Vielleicht weil ihr Freund allergisch auf Katzen reagierte.

Larissa schaute in das Badezimmer. Auch die Katzentoilette war verschwunden.

Was war das für ein Dieb, der nicht nur die wertvolle Katze, sondern sogar das Zubehör mitnahm?

Mysteriös.

Der Vollständigkeit halber schaute sie in die Küche. Hier sah alles aus wie immer. Nichts erinnerte mehr an das dramatische Bild vom Donnerstag.

Keine Katzenfutternäpfe neben der Spüle.

Seltsam.

Montag

Zögernd stand Larissa im Flur. Gab es noch etwas herauszufinden? Sie drehte sich einmal im Kreis. In die Zimmer hatte sie hineingeguckt. Keines sah durchwühlt aus. Nichts war zerschlagen.

Nur die Katzenutensilien fehlten.

Alle.

Bevor sie die Haustür öffnete, lauschte sie. Nichts. Sie zog die Tür auf und trat auf den Treppenabsatz. Plötzlich hörte sie ein seltsames Geräusch. Ein leises Surren, dann ein Klingeln.

Der Fahrstuhl?

Tatsächlich. Über der Fahrstuhltür leuchteten Lampen und zeigten das Stockwerk an.

Seit wann funktionierte der?

„Guten Tag!" Die alte Dame mit dem Einkaufsbeutel trat heraus. Sie lächelte Larissa an. „Er fährt wieder, schön nicht?"

Larissa nickte. „Toll für Sie. Ist bestimmt eine Erleichterung."

Die Dame schaute zwischen Larissa und der Kronenbaumschen Wohnung hin und her. Dann äußerte sie: „Kann man vom neuen Mieter mehr verlangen?" Sie lächelte, bemerkte wohl Larissas Überraschung und sagte: „Ach, Kindchen, kommen Sie mal."

Ehe Larissa sich versah, hatte die Frau ihren Arm gepackt und zerrte sie hinter sich her. „Kommen Sie mit, Sie wissen vermutlich noch gar nicht, was da passiert ist."

„Frau Wels", wollte Larissa protestieren, sobald sie den Namen auf dem Klingelschild wieder gelesen hatte. „Ich ..."

„Keine Widerrede, so ein zerbrechliches, junges Fräulein wie Sie muss sich nach dem Schreck erst einmal setzen." Sie schloss die Haustür auf und winkte Larissa mit der Hand in den Flur. Larissa spürte den Griff der Frau noch immer an ihrem Oberarm und rieb sich die Stelle. Ganz schön kräftig. Na ja, sie war ja auch mindestens zwei Köpfe größer als Larissa.

Sie hatte überhaupt gar keine Lust, sich mit der Alten abzugeben, doch dann sah sie den Korb im Flur stehen.

„Besitzen Sie eine Katze?", fragte sie und ging in die Wohnung hinein. Es roch nach Zigarettenrauch und Weichspüler.

„Verrücktes Ding", murmelte die Frau, während sie die Tür von innen wieder abschloss, nachdem sie ihre Einkaufstasche auf ein niedriges Sideboard gestellt hatte.

Larissa wusste im ersten Augenblick nicht, ob sie gemeint war oder die Katze, doch dann hörte sie ein wütendes Kreischen. Ming schoss unter dem Sideboard hervor und flitzte durch eine offen stehende Tür in ein anderes Zimmer.

„Sie hat´s wohl mit angesehen, ist völlig durchgeknallt."

Larissa verstand. „Sie meinen, Ming war dabei, als Frau Kronenbaum ermordet wurde?" Nur mühsam brachte sie den Satz zu Ende. Ihre Lippen zitterten wie Kolibriflügel. Am liebsten hätte sie sich den Mund zugehalten.

Frau Wels wuselte an ihr vorbei, hinter Ming her und nickte währenddessen fortwährend mit dem Kopf. „Hat in der Ecke gesessen, zwischen den Schränken, ganz verängstigt, die Mieze." Ihr Satz ging langsam in einen hohen Singsang über. „Miez, Miez, Miez, Mieziii."

Larissa konnte sich nicht daran erinnern, Ming in der Küche gesehen zu haben, als sie neben ihrer Klavierlehrerin gestanden und gehockt hatte.

Doch kaum betrat Frau Wels den Raum, schoss die Katze daraus hervor.

Larissa packte instinktiv zu, als Ming an ihr vorbeiflitzte. Sie erwischte das Nackenfell und hob sie hoch. Dabei gab sie beruhigende Laute von sich und achtete darauf, nicht von den wild ausschlagenden Krallen getroffen zu werden. So panisch verhielten sich nur verletzte Tiere.

„Waren Sie mit ihr beim Tierarzt?"

Die alte Frau blieb am anderen Ende des Flures stehen und beobachtete Larissa aufmerksam.

„Sie kennen sich mit Katzen aus?"

„Mein Vater ist Züchter", sie stockte, wollte sich korrigieren, war Züchter sagen, unterließ es dann aber. Für Frau Wels machte es keinen Unterschied. „Ich habe ihm oft geholfen. Ming stammt auch aus seiner Zucht."

„Sie sind vertraut mit ihr?"

„Von klein auf, wie kommt sie zu Ihnen?"

„Lothar, mein Sohn, und ich, wir haben uns immer um die Wohnung und die Katze gekümmert, sobald Frau Kronenbaum auswärts zu tun hatte. Deshalb war es naheliegend, sie mit zu uns zu nehmen, bis entschieden ist, was aus ihr wird."

Ming hing inzwischen fast bewegungslos in Larissas Griff.

„Bringen Sie sie doch bitte in die Küche. Da steht ihr Körbchen. Seien Sie so nett. Ich lege derweil meine Jacke ins Schlafzimmer." Frau Wels drehte sich um und verschwand in dem letzten Zimmer, das rechts vom Flur abging.

Nachdem sie außer Sichtweite war, sah Larissa sich suchend um. Welche war wohl die Küchentür? Sie vermutete, dass diese Wohnung genauso geschnitten war wie die von Frau Kronenbaum und öffnete die nächstgelegene Tür. Richtig geraten.

Zuerst fiel ihr die Einbauküche auf, gelbliche Oberflächen und ein weißer Esstisch mit zwei Stühlen daran. Welch ein Unterschied zu der altmodischen Küchenausstattung nebenan. Mings Näpfe befanden sich hinter der Tür. Larissa hob den Futternapf auf. Bevor sie ihn auf dem Tisch abstellen konnte, musste sie einige Papiere beiseiteschieben. Schindler stand auf dem einen Briefkopf, Möbel Boss auf einem zweiten. Offensichtlich Rechnungen. Die Katze ließ sich inzwischen ganz ruhig von ihr herumtragen. Allerdings wollte sie es noch nicht riskieren, sie abzusetzen. Vorsichtshalber schloss sie die Küchentür wieder. Auf der Arbeitsfläche neben dem Spülbecken lagen drei Dosen Katzenfutter. Larissa kratzte das angetrocknete

Futter aus dem Napf und öffnete eine neue. „Von Aldi", sagte sie. „Schmeckt bestimmt auch."

Sie setzte sich zu Ming auf die Erde, als diese gierig zu fressen begann. Dabei beobachtete sie die Bewegungen der Katze. Sie wirkte unverletzt. Vorsichtig rappelte sie sich auf und füllte den Wassernapf frisch.

Das Tier machte einen gesunden Eindruck auf sie. Larissa verstand nicht, was sie so in Panik versetzt haben mochte, bevor sie die Wohnung betraten. Ob die Wels' einen Hund besaßen? Es wies nichts darauf hin. Oder versteckte sich irgendwo eine Ratte?

Plötzlich hörte sie Stimmen auf dem Flur. Der Sohn schien nach Hause gekommen zu sein. Sie konnte nicht verstehen, was die beiden besprachen.

In dem Moment ging die Tür auf.

„Wir haben Besuch, sagt meine Mutter. Ach, du bist es. Ich dachte, du hast donnerstags Unterricht." Er sah sie prüfend an.

Larissa fühlte sich augenblicklich unwohl. „Ich, ich wollte nach der Katze sehen."

„So so, na dann, siehst ja, alles gebongt."

„Ja, äh, darf ich mir eben noch die Hände waschen?"

„Klar!" Er zeigte auf die Spüle.

Sie traute sich nicht, nach Seife zu fragen. Schnell spülte sie ihre Hände ab, wischte sie an den Jeans trocken und verabschiedete sich.

Er begleitete sie zur Haustür. Von der alten Frau war weder etwas zu sehen noch zu hören.

16

Montag

Nachdenklich verließ Larissa die Wohnung von Mutter und Sohn Wels. Erst als sie unten ankam, erinnerte sie sich daran, dass sie auch mit dem Fahrstuhl hätte fahren können. Sie drehte sich zu der rostigen Metalltür um. Vertrauenerweckend sah das nicht aus. Ganz gut, dass sie doch zu Fuß gegangen war.

Und eine wunderbare Erklärung, was sie in der Kronenbaumschen Wohnung beziehungsweise in dem Haus an sich gewollt hatte, war ihr gleich mit in den Schoß gefallen.

Allerdings verstand sie bislang nicht, warum die Katze so durch den Wind war.

Wahrscheinlich wegen der fremden Umgebung. Außerdem behandelten die Wels-Leute sie garantiert nicht so liebevoll wie Frau Kronenbaum.

Das ließ sich nicht ändern.

Ob Simona Lubert Ming übernehmen würde? Oder dieser ominöse Freund, falls es ihn noch geben sollte?

Vielleicht konnte sie darüber etwas von der Kommissarin erfahren, so wie sie ihr auch Toms Namen verraten hatte, als sie ihn einfach als Jeremy bezeichnet hatte.

Sie schürzte die Lippen. Es gab nur ein Problem. Von sich aus wollte sie die Aufmerksamkeit der Polizei auf keinen Fall auf sich ziehen. Wohl oder übel würde sie warten müssen, bis der Täter überführt war oder bis Frau Sarkos noch einmal die Sehnsucht nach ihr und ihren wertvollen Informationen quälte.

Gemächlich schlenderte Larissa auf den Bahnhof zu. Sie fühlte sich so beschwingt, dass sie ernsthaft überlegte, ob sie sich einen Döner gönnen sollte. Doch sie widerstand der Versuchung, als sie einen Imbiss nach dem nächsten passierte und dabei quasi durch eine Dönerduftwolke schwebte, bis der Geruch vom Diesel der Busse am Bahnhof abgelöst wurde.

Sie betrat die Buchhandlung und ging bis zu den Mangas durch. Vorn bei den Pornozeitschriften befanden sich drei Männer und blätterten interessiert. Gut, die verbargen sie vor den Blicken des jungen Verkäufers hinter dem Kassentresen, und vermutlich würde er die zuerst auffordern, dass sie gefälligst etwas kaufen sollten.

Sie wählte die neueste Ausgabe von Battle Angel Alita und freute sich, dass die Cyborg tatsächlich wieder einmal im Mittelpunkt der Geschichte stand. Außerdem ging dieses ellenlange Turnier endlich zu Ende. Gut so. Trotzdem ein bisschen enttäuscht klappte sie das Buch zu, nachdem sie es ausgelesen hatte. Mittendrin machte Kishiro-Sama einfach Schluss, und nun musste sie erneut wer weiß wie lange auf den nächsten Band warten.

Alitas Körper war eine Maschine, ihr Gehirn ein Chip. Im Manga hatte sie noch Gefühle, konnte denken, sich an ihre Kindheit auf dem Mars erinnern.

Larissa fragte sich, ob sie das wollen würde. Ihr Vater war jetzt oft müde und schwach, aber er war ihr Vater, voll und ganz, so wie sie ihn kannte. Wäre er das genauso, wenn man seinen Geist in einen Speicher übertragen würde, um ihn dann in einen Roboterkörper zu laden?

Larissa schüttelte sich. Ihr gruselte es schon, wenn sie Stephen Hawkings' computergenerierte Stimme hören musste. Aber was wäre, wenn ihr Vater sonst sterben würde?

Energisch steckte sie den Manga zurück ins Regal. Bloß nicht darüber nachdenken, ansonsten fing sie noch hier vor allen Leuten an zu heulen.

Als sie den Bahnhof verließ, wurde es bereits dunkel. Sie beschloss, am Stammelbachspeicher vorbei zum Liebesgrund zu gehen, um nach Hause zu kommen. Um diese Zeit gammelten dort zwar wahrscheinlich einige trübe Gestalten vor sich hin, dennoch hatten die bisher höchstens ein paar blöde Bemerkungen hinter ihr hergerufen. Ein oder zwei bettelten sie auch an, ausgerechnet sie. Die meisten beachteten sie gar nicht. Die waren garantiert froh, wenn man sie in Ruhe ließ.

Und der Typ, der immer seinen Pimmel rausholte, um Hausfrauen und Schulmädchen zu beeindrucken, trieb sich nur tagsüber in den Parks herum. War ja klar, sobald es dunkel wurde, konnte man nichts mehr sehen, also für ihn ein vergeblicher Aufwand.

Es war dunkler als sie erwartet hatte.

‚Stell dich nicht so an', befahl sie sich selbst. ‚Du bist schon tausend Mal hier entlanggegangen. Was soll heute anders sein?' Bestimmt diese Mordgeschichte. Die machte ihr zu schaffen, ohne Frage.

Bei jedem Geräusch zuckte sie zusammen.

Jetzt näherte sich ein Fahrrad von hinten. Sie konnte die Reifen auf dem Kies knirschen hören. Vorsichtshalber drehte sie sich um. Wie viele kamen da?

Schien nur einer zu sein. Warum fuhr der ohne Licht?

Sie trat einen Schritt zur Seite, stellte sich an den Rand des Weges und wartete darauf, dass das Rad an ihr vorbeifuhr. Scheinbar gefiel es dem Radfahrer, freie Bahn zu haben, denn er beschleunigte deutlich.

Was sollte das? Wieso kam der direkt auf sie zu? Sie sprang nach hinten. Kieselsteinchen flogen, als das Rad unmittelbar vor ihr zum Stehen kann. Das Hinterrad rutschte noch ein Stückchen weiter auf sie zu.

Plötzlich erkannte sie ihn.

Tom.

„Selten so gelacht", sagte sie.

„Ich hab dich den ganzen Nachmittag gesucht", antwortete er.

„Dein Licht ist kaputt."

„Warum lügst du?"

„Ich könnte schreien und sagen, dass du mich belästigt hast."

„Tu ich gar nicht."

„Und wer soll dir das glauben?"

Er packte ihren Arm, zog sie zu sich heran und befahl ihr mit rauer Stimme: „Du musst der Polizei die Wahrheit erzählen, die verdächtigen mich."

„Na und?"

Er drückte fester zu. „Hast du sie umgebracht?" Nun schrie er fast.

Larissa begann zu zittern.

„L a s s m i c h l o s !“, rief sie, so laut sie konnte. Niemand reagierte, nicht einmal eine dumme Bemerkung erklang. Wenn jemand in der Nähe war, zog er es vor, sich herauszuhalten.

Larissa zerrte an ihrem Arm. Als er nicht losließ, schubste sie ihn, schlug gegen seine Brust und schrie um Hilfe.

Erschrocken ließ er ihren Arm los, schwang sich auf sein Fahrrad und raste davon.

Larissa stand auf dem Weg und schaute hinter ihm her. Ihr Herz pochte bis zum Hals, ihre Wangen glühten, und an ihrem Oberarm schmerzte die Stelle, an der er sie gepackt hatte, immer noch. Sie rieb darüber.

Das gab bestimmt einen blauen Fleck.

Nachdenklich ging sie weiter. Sie hatte die Panik in seinen Augen gesehen. Befürchtete er wirklich, dass man ihn für den Mörder hielt?

Das wollte sie nicht.

Obwohl, verdient hatte er es schon. So wie er sie behandelte.

Sollte er ruhig noch ein wenig schmoren.

17

Montag

Währenddessen ...

Montags Berufsschule. Wer kam eigentlich auf derartig dämliche Ideen? Den Berufsschultag ausgerechnet auf den Tag zu legen, an dem sein Restaurant sowieso geschlossen hatte. Während alle anderen den freien Tag genossen, musste er sich mit Deutsch und Mathematik herumplagen. Schöne Pleite.

Immerhin hatte er ab 16 Uhr frei. Er war sofort nach dem Unterricht nach Algermissen gerast, um sich mit einem Typen zu treffen, den er im WOW-Forum kennengelernt hatte. Das hatte er vermisst, seit sie hierhergezogen waren, einen echten Fan, einen, mit dem er sich über Spielzüge, Gegner, Artefakte, ach, einfach über alles austauschen konnte.

Der Typ war zwar schon Ende 20 und studierte Maschinenbau, aber er war ein echter Gamer. Deshalb war es so spät geworden, und deshalb war er durch diese ominöse Grünanlage gefahren, die die Hildesheimer aus irgendeinem Grund Liebesgrund getauft hatten.

Nach Liebe war ihm eher nicht zumute, wenn er an den abgewrackten Gestalten vorbeifuhr, die hier ihre Zeit absaßen.

Na ja, wenn er vorgehabt hatte, Crack zu kaufen, wäre er hier garantiert am richtigen Ort.

Es war schon ganz schön dunkel. Er hielt an, um seinen Dynamo an den Reifen zu drücken. Als er losfuhr, stellte er fest, dass das Licht trotzdem nicht leuchtete. Na, danke auch. Das fehlte ihm gerade noch, dass er sich langmachte und sein Fahrrad beschädigte. Er fuhr lieber etwas langsamer. Die Laternen standen in dieser Ecke der Grünanlage ziemlich weit auseinander. Plötzlich bemerkte er vor sich eine Gestalt, die mit hochgezogenen Schultern dahineilte.

Larissa!

Er beschleunigte. Scheinbar hörte sie ihn kommen, denn sie drehte sich um. Als sie ihn erkannte, sprang sie nach hinten, um ihm auszuweichen. Er raste heran, bremste abrupt. Kieselsteinchen flogen durch die Gegend, prasselten gegen ihre Beine, als er das Rad unmittelbar vor ihr zum Stehen brachte. Das Hinterrad rutschte noch ein Stückchen weiter auf sie zu.

Er grinste sie an.

„Selten so gelacht", sagte sie.

„Ich hab dich den ganzen Nachmittag gesucht", antwortete er, obwohl das nicht stimmte. Er hatte sich den ganzen Nachmittag bombig amüsiert und nicht ein einziges Mal an sie gedacht. Doch ihr Mitleid konnte er mit einem WOW-Nachmittag wohl kaum wecken. Er schaute sie mit seinem besten Dackelblick an, doch sie reagierte nicht darauf, wirkte eher wütend.

„Dein Licht ist kaputt."

„Warum lügst du?"

„Ich könnte schreien und sagen, dass du mich belästigt hast."

„Tu ich gar nicht." Was dachte die Tusse sich eigentlich? Er sie belästigen? Soweit kam es noch. Niemals. „Und wer soll dir das glauben?", fragte er zurück, war aber gleichzeitig froh darüber, dass das Fahrrad zwischen ihnen stand.

Mitleid funktionierte also nicht. Wie wär's mit Einschüchterung? Hatte er bei seinem Vater studiert.

Er packte ihren Arm, zog sie zu sich heran und befahl ihr mit rauer Stimme: „Du musst der Polizei die Wahrheit erzählen, die verdächtigen mich."

„Na und?"

Er drückte fester zu. „Hast du sie umgebracht?" Nun brüllte er sie fast an. Beinahe sofort konnte er spüren, wie sie darauf reagierte. Sie begann zu zittern.

„Lass mich los!", rief sie nun ihrerseits.

Erschrocken sah er sich um. Doch wider Erwarten reagierte niemand. Scheinbar waren die Dealer gerade mit dealen, die Junkies mit kiffen und die Penner mit pennen beschäftigt.

Larissa zerrte an ihrem Arm. ‚Da ging noch was', dachte er und hielt sie weiter fest. Doch sie gab nicht nach, sie schubste ihn, schlug gegen seine Brust und schrie lauthals um Hilfe.

Erschrocken ließ er ihren Arm los, schwang sich auf sein Fahrrad und raste davon.

Erst nachdem er den Park verlassen hatte, beruhigte sich sein Puls wieder. Was für eine dämliche Pute. So ein Trara zu machen.

Da er befürchtete, dass die Polizei ihn anhalten würde, wenn er auf den Straßen ohne Licht fuhr, stieg er ab und schob sein Rad. Das war sowieso besser. Er musste in Ruhe nachdenken, wie er weiter vorgehen sollte.

Er hätte sich nicht dazu hinreißen lassen sollen. Kein Wunder, dass sie sich nicht normal mit ihm unterhalten will, wenn er ihr im Park auflauert.

Wie blöd konnte man sein?

Morgen lief die Aktion mit den Zetteln an. Vielleicht brachte die eine Wendung.

18

Dienstag

Als Larissa das Haus verließ, klebte von innen ein Zettel an der Haustür. „Bitte hilf mir. Tom", stand darauf.

Sie riss ihn ab und stopfte ihn in ihre Hosentasche. Was bildete der sich ein?

An der Bushaltestelle pappte ebenfalls einer.

Idiot.

Nachdem sie in den Bus eingestiegen war und einen Sitzplatz gefunden hatte, kam ein kleiner Junge zu ihr. „Bist du Larissa?"

„Woher weißt du das?"

„Bist du Larissa?"

„Ja, wieso?"

„Ich soll dir das hier geben."

Noch so ein Zettel. Wütend knüllte sie ihn zusammen. Sollte das so weitergehen?

Glaubte die Dumpfbacke, sie würde sich dadurch kleinkriegen lassen?

Konstantin stieg an der nächsten Haltestelle zu. Auch er hielt ihr einen Zettel hin. „Was will der Typ von dir?"

Larissa spürte, dass sich rote Flecken auf ihren Wangen bildeten. Trotzdem versuchte sie, so cool wie möglich zu reagieren. „Ist eben ein Vollpfosten. Kannste nichts machen."

„Woher kennst'n den? Ich hab den hier noch nie gesehen."

„Ist wohl zugezogen."

„Aha."

Larissa gefiel der Tonfall nicht, in dem er das sagte. Deshalb fügte sie hinzu: „Der hatte auch Klavierunterricht."

„Bei der Kronenb ...?" Der Name blieb scheinbar an seinen Zähnen kleben. Stattdessen legte er ihr eine Hand auf die Schulter. „Mensch, es muss dir grässlich gehen, was für eine bärstige Geschichte."

Mehr als ein klägliches „Ja" brachte sie nicht heraus. Aber für Konstantin genügte das. Er verstand sie. Noch einmal tätschelte er ihre Schulter.

„Wenn der Kerl dich nervt, sag Bescheid, dann rede ich mit ihm. Du brauchst dir nichts gefallen zu lassen."

„Danke", sagte sie und dachte: ‚Bloß nicht. Konstantin stellt Tom zur Rede und der erzählt ihm alles, schlimmer konnte es kaum kommen.'

Sie musste diesen Tom zum Schweigen bringen. Nur wie?

Da Julian und Sarah eingestiegen waren, wandte Konstantin sich ihnen zu. Ein halbes Jahr waren die beiden bestimmt schon zusammen. Julian lächelte ihr zu, ein wenig peinlich berührt, als seine Schwester in den Armen des Schülersprechers verschwand und leise kicherte.

Larissa seufzte. So eine Umarmung käme ihr nicht ungelegen. Ach was. Ein Freund war das Letzte, was sie jetzt brauchte. Sie musste sich um ihren Vater und ihren Abschluss kümmern. Je eher sie eigenes Geld verdienen konnte, umso besser.

Vor der Walter-Gropius-Oberschule wartete ein Pulk jüngerer Schüler an der Bushaltestelle. Sie alle drängelten sich um Larissa, sobald sie ausstieg. Mindestens zehn oder zwölf Hilferuf-Papiere wurden ihr übergeben.

Einer der Zwerge sagte sogar: „Der sieht doch nett aus, warum hilfst du ihm denn nicht?"

‚Kümmer dich um deinen Scheiß', lag ihr auf der Zunge. Stattdessen sagte sie: „Er riecht nach Katzenpisse."

„Echt?", fragte der Zwerg zurück.

Larissa schnupperte und hielt ihm einen der Zettel hin. „Riech selber."

„Oh!", sagte der Zwerg, drehte sich um und marschierte davon. Die anderen folgten ihm schweigend.

An die Wand neben dem Eingangstor gelehnt stand Elena. Ihre Freundin wartete. Auf sie. Das war so sicher wie das Amen in der Kirche oder das Salz in der Suppe. Innerlich wappnete Larissa sich für diese Begegnung. Wenn Elena an ihrer Unterlippe kaute, verhieß das nichts Gutes. Meistens für einen ungerechten Lehrer, einen Betrieb, der die Umwelt verschmutzte, oder einen Chef, der seine Praktikanten quälte. Doch diesmal galt der entschlossene Ich-finde-das-sowieso-raus-Blick der Freundin eindeutig ihr. Kurz überlegte Larissa, ob sie einfach kehrtmachen und weggehen sollte. Schule war morgen auch wieder.

Elena schien ihre Überlegungen erraten zu haben, denn sie kam mit großen Schritten auf Larissa zu. Sie drückte ihr vier oder fünf der Hilfe-Zettel in die Hand und sagte: „Guten Morgen, Kunst fällt aus. Komm, ich lade dich auf einen Cappuccino ein."

Larissa blieb stehen. „Ich brauche keine Almosen."

Elena drehte sich zu ihr um, stemmte die Fäuste in die Hüften und sagte herausfordernd: „Wer spricht von Almosen? Ich habe gestern Nachmittag eine E-Mail bekommen, dass unsere Schülerzeitung bei dem ‚Spiegel'-Wettbewerb nominiert wurde. Ich will einfach mit einer Freundin feiern. Benimm dich nicht immer wie eine Schnepfe."

„Selber Schnepfe. Okay, ich komme mit. Gratuliere. Das ist echt ein Grund zum Feiern. Du hast so viel Zeit investiert."

Sie gingen zur Bäckerei im Hit-Markt. Während Elena die beiden Kaffees holte, belegte Larissa den Tisch hinten in der Ecke.

Elena rutschte auf den Platz ihr gegenüber und schob ihr einen Becher zu. Sie legte ein Schweineohr in die Mitte und brach sich ein Stück ab.

„Schokolade und karamellisierter Zucker, viel besser als Kunstunterricht."

Larissa mochte Schweineohren genauso gern. Wie oft hatten sie in den letzten Jahren hier gesessen und welche vertilgt! Doch jetzt konnte sie sich das nicht leisten. Wenn sie sich ein Stück abbrach, musste sie sich irgendwann revanchieren? Wovon bitte?

„Ich habe keinen Appetit, danke."

„Erzähl mir keinen vom Pferd. Du liebst sie."

„Vorlieben ändern sich."

„Klar, und ab morgen geht die Sonne im Westen auf."

Larissa versteifte sich. Was sollte sie dazu sagen?

Elena sog tief die Luft ein. „Nun nimm schon. Jeder hat mal schlechte Zeiten. Lass dir davon nicht den Appetit verderben und die gute Laune erst recht nicht."

„Wie meinst du das?" Larissa lehnte sich zurück und verschränkte die Arme vor der Brust.

Elena beugte sich vor. „Ich hab gehört, dass deine Mutter euch verlassen hat." Sie ließ den Satz in der Luft hängen.

„Woher weißt du das?"

„News travel fast - kein Quatsch. Meine Mutter ist mit einer Kollegin von deiner Mutter befreundet. Daher weiß ich, dass sie weggezogen ist."

„Wie lange weißt du es schon?", fragte Larissa zögernd. Eigentlich wollte sie lieber erfahren, wie viel sie noch wusste.

„Zwei Wochen oder so. Wie lange ist sie schon weg?"

Als Larissa nicht antwortete, sprach sie weiter: „Bald drei Monate, oder? Seither benimmst du dich so strange."

„Das verstehst du nicht."

„Mag sein. Dann erklär's mir", sagte Elena und brach sich ein Stückchen vom unteren Rand ab.

„Da gibt es nichts zu erklären. Sie ist weg und aus."

„Freundinnen belügt man nicht."

Larissa wusste nicht, was sie dazu sagen sollte.

Elena rutschte mit dem Stuhl zu ihr herum und legte einen der Zettel Toms auf den Tisch. „Erzähl mir, worum es hierbei geht."

„Das, das kann ich nicht."

„Oh doch, ich werde mir das nämlich nicht länger gefallen lassen."

„Du dir?"

„Hör auf, mir etwas vorzuspielen. Wie lange kennen wir uns?"

„Ich hasse deine rhetorischen Fragen. Bin ich einer deiner Interviewpartner?"

„Du weichst mir aus. Wenn ich beabsichtigt hätte, dich zu interviewen, wäre ich besser vorbereitet." Sie grinste breit und wirkte dadurch wie ein Haifisch auf Landurlaub. „Du glaubst gar nicht, was man mit ein paar Fragen hier und da im Vorfeld alles herausfinden kann."

Larissa schwieg.

Elena legte ihr eine Hand um die Schultern. „Gib dir einen Ruck."

Larissa reagierte nicht. Wohin sollte das führen?

„Lissy, dazu sind Freundinnen da. Man kann alles mit ihnen besprechen."

„Das sagst du so."

„Du weißt das selber ganz genau."

Larissas Gedanken rasten. Sie musste ja nicht alles erzählen. Vielleicht konnte sie ein paar Details weglassen. Elena war clever. Das hatte sie oft genug bewiesen. Sie würde das Tom-Problem aus einem völlig anderen Blickwinkel betrachten. Das konnte mehr als hilfreich sein. Sie richtete sich auf, streifte Elenas Hand ab. „Nicht hier."

„Okay, wo willst du hin?"

„Lass uns zum Wildgatter gehen."

19

Dienstag

„Mein Problem mit diesem Tom hat nichts mit meiner Mutter zu tun."

„Ich glaube dir. Er sprach in der Cafeteria vom Klavierspielen."

„Wir hatten beide bei Frau Kronenbaum Unterricht."

„Dachte ich mir."

„Ich, ich bin noch mal zurück, an dem Tag."

„Dem Tag, an dem sie ermordet wurde?"

Larissa nickte. „Ich hatte meine Noten vergessen. Deshalb bin ich später noch einmal in die Wohnung gegangen. Die Tür stand offen, wie immer, und da habe ich sie gefunden."

„Du Arme." Elena drückte sie fest an sich. „Das muss schrecklich für dich gewesen sein."

„Ich wusste sofort, dass sie tot ist, trotzdem habe ich den Notarzt gerufen, und dann bin ich weggerannt. Unten im Hausflur bin ich diesem Tom begegnet. Er glaubt, dass ich Frau Kronenbaum ermordet habe."

„Hm."

Larissa gefiel dieses Hm nicht. Sie konnte quasi sehen, wie sich die kleinen Rädchen in Elenas Gehirn drehten.

„Was hmst du?"

„Wie war das mit der Wahrheit?"

„Ich kann nicht."

Schweigend gingen sie bergauf. Larisa sah weder die Schafe noch die Rehe in den Gattern. Sie schaute nur vor sich auf den Boden. Typisch Elena. Nie ließ sie locker, wenn sie erst einmal glaubte, einem Geheimnis auf der Spur zu sein.

Aber bei Larissa hatte sie sich verrechnet. Die ließ sich weder manipulieren noch aufs Glatteis führen. Betont kühl sagte sie: „Du solltest dich da raushalten."

„Ich will aber nicht."

Larissa blieb stehen. „Elena, hör zu, ich kann nicht mehr deine Freundin sein. Lass mich in Ruhe. Die Welt dreht sich nicht immer nur um dich."

Bevor Elena zu einer Antwort ansetzen konnte, wandte sie sich um und ging den Hügel hinunter, in Richtung auf die Schule.

„Sei nicht so verdammt zickig", rief sie ihr hinterher.

Larissa scherte sich nicht darum. „Lass mich einfach zufrieden", murmelte sie.

Ob Elena ihr folgte? Sie wagte es nicht, sich umzudrehen, es könnte wie eine Aufforderung wirken.

‚Was bist du eigentlich für eine dämliche Kuh?', fragte sie sich selber. ‚Es fühlt sich ja beinahe so an, als würdest du darauf hoffen, dass sie dir hinterherläuft und dich zwingt, ihr alles zu erzählen. Wie blöd kann man sein?'

Sie lief davon, an der Schule vorbei, in Richtung auf das Stadtzentrum.

Die konnten ihr alle gestohlen bleiben.

Am liebsten wäre sie direkt in ihr Bett geklettert, aber das konnte sie sich nicht erlauben. Ihr Vater würde ihr das mehr als übel nehmen. Es sei denn, sie spielte ihm Bauchschmerzen vor. Davor hatte er Respekt. Wahrscheinlich würde er ihr eine Wärmflasche bringen. Genauso wahrscheinlich wüsste er, dass es Ausflüchte waren.

Mist.

Sie brauchte dringend einen sicheren Unterschlupf. In der warmen Jahreszeit konnte sie sich gut draußen herumtreiben. Doch vor dem nasskalten November graute ihr jetzt schon.

Um halb zwölf beschloss sie, dass sie ihrem Vater nun glaubwürdig erzählen konnte, dass die letzten beiden Stunden ausgefallen waren.

Er freute sich, als sie ins Wohnzimmer kam, und interessierte sich überhaupt nicht dafür, warum sie bereits da war.

„Süße, wie schön. Hast du Hunger? Ich habe Spaghetti in Pesto gekocht." Er wollte sich vom Sofa, auf dem er augenscheinlich eingenickt war, erheben, um ihr eine Portion aufzuwärmen.

Das fehlte ihr gerade noch.

„Nee, lass mal, Paps. Ich hatte eben was in der Schule."

Eben war in diesem Zusammenhang ein dehnbarer Begriff und keine richtige Lüge.

„Hast du denn selbst schon etwas gegessen?", fragte sie und setzte sich neben ihn. Sofort sprang Saba auf ihren Schoß. Ohne hinzuschauen streichelte sie das weiche Fell. Die Katze schnurrte hell und leckte mit ihrer rauen rosa Zunge über Larissas Daumen.

„Lissy, Liebes, sag mal, könntest du ... ?“ Ihr Vater zögerte.

„Was denn?“

„Saba muss dringend zur Tierärztin. Ich habe um vierzehn Uhr einen Termin.“

Erst jetzt bemerkte Larissa die feinen Schweißperlen auf seiner Stirn. Gleichzeitig zog er die Decke fester um sich. Hieß das, dass er fror? Es ging ihm heute gar nicht gut.

„Klar, mache ich doch gern.“ Sie wagte nicht zu fragen, wie er die Behandlung bezahlen wollte. Dafür hatte sie die fünfzig Euro gebraucht.

Jetzt zog er sein Portemonnaie aus der Hosentasche und gab es ihr.

„Was soll ich damit?“, fragte sie irritiert.

„Nimm dir die Sparkassenkarte. Du musst das Geld für die Impfungen und die Wurmkur vorher vom Konto abheben.“

„Vom Girokonto?“

„Ja!“ Ein stolzes Lächeln flackerte über sein Gesicht. Er lehnte sich zu ihr herüber und flüsterte: „Ich habe fünfunddreißig Euro verdient.“ Das letzte Wort sprach er gedehnt aus.

„Womit? Paps, was hast du getan?“ Sie sah sich prüfend um. Hatte er etwas bei Ebay versteigert?

„Beruhige dich, alles noch da.“ Er reichte ihr ein paar dicht beschriebene Seiten. „Ich habe diesen Artikel an ‚Geliebte Katze‘ geschickt, nachdem ich ihn abgetippt habe selbstverständlich.“ Er strahlte sie an.

„Cool!“ Mehr fiel Larissa im ersten Augenblick nicht ein.

„Sie hätten mir einhundert gezahlt, wenn ich ein passendes Foto dazu geliefert hätte."

„Paps, du bist der Beste."

„Ach, Lissy, es wird schon wieder bergauf gehen mit uns. Ganz bestimmt."

Die Tierärztin freute sich, Larissa zu sehen. Sie hatte früher auch die Katzenzucht ihres Vaters betreut.

„Wie geht es Richard, ich meine, deinem Vater?"

„Mal besser, mal schlechter, aber sein Arzt ist davon überzeugt, dass er jeden Tag noch ein bisschen kräftiger werden wird."

„Keiner kennt sich so mit Maine-Coon aus wie er."

„Noch ist er oft müde, doch ich denke, dass er die Arbeit vermisst."

„Lass den Kopf nicht hängen. Dein Vater hat Energie und Durchsetzungskraft, der findet einen Weg, sobald er wieder gesund ist."

„Vielleicht."

Während sie sich unterhielten, untersuchte die Ärztin Saba mit sanften Bewegungen. Ihre kräftigen Hände arbeiteten zielsicher.

„Du bist nicht davon überzeugt?", fragte sie.

Larissa zuckte mit den Schultern.

Die Ärztin sah sie ernst an.

„Larissa, ich glaube an deinen Vater, und du solltest es auch tun."

„Er ist krank. Er ist schwach." Noch leiser setzte sie hinzu: „Außerdem ist er unglücklich, weil sie uns verlassen hat."

„Verständlich, oder?"

Larissa sah die Tierärztin erstaunt an. „Nein, überhaupt nicht."

Nun stutzte die ihrerseits. Sie sah sogar von ihrer Arbeit auf. „Hm, ich vermute, in deinem Alter ist das nur zu verständlich."

„Was hat das mit meinem Alter zu tun? Sie hat uns im Stich gelassen. Noch schlimmer, sie hat ihn im Stich gelassen, ausgerechnet in einer Situation, in der er auf Hilfe angewiesen war."

„Bist du dir da ganz sicher?"

„Was soll das heißen? Sie ist weg, sagt das nicht alles?"

Die Tierärztin seufzte. „Wenn alles im Leben so einfach wäre ..."

„He, hören Sie, ich bin kein kleines Kind mehr. Ich weiß sehr wohl, dass die meisten Dinge nicht eindeutig schwarz oder weiß sind. Aber was die hier abgezogen hat, ist mies. Völlig daneben, wenn Sie mich fragen."

„So, Saba, meine Gute, alles erledigt für diesmal. Achte darauf, dass sie heute nicht mehr im Freien herumläuft."

„Im Freien?" Larissa biss sich auf die Lippen. Beinahe wäre sie damit herausgeplatzt, dass es keinen Garten mehr gab, dass sie in einer Zweizimmerwohnung hausten, in der es ständig dunkel war. Sie packte Saba und setzte sie in den Transportkorb zurück. „Was bin ich schuldig?"

Die Ärztin winkte ab. „Dein Vater hat noch was gut bei mir."

„Ich habe Geld dabei. Es ist kein Problem."

Die Frau hatte ihre Handschuhe ausgezogen und legte Larissa eine Hand auf die Schulter. Sie sah sie ernst an. „Als es deinem Vater gut ging, und damit meine ich alle Aspekte, also körperlich und geschäftlich, da hat er geholfen und unterstützt, wo immer er konnte. Er war großartig. Nur wenn es darum ging, selbst Hilfe einzufordern, hat er regelmäßig versagt."

„Was wollen Sie damit ausdrücken?"

„Kennst du das Sprichwort: Eine Hand wäscht die andere?"

„Schon."

„Richard, also dein Vater, scheint es vergessen zu haben."

Larissa wollte etwas erwidern, unterließ es jedoch lieber. Sie wollte nicht zu unhöflich wirken. Außerdem hatte sie gerade fünfzig Euro gespart, da sollte sie es sich mit der Frau nicht verderben. Es warteten noch weitere Impfungen und Wurmkuren auf Saba. Stattdessen hob sie den Katzenkorb an und wandte sich zum Gehen.

„Denk einmal darüber nach, ob dein Vater vielleicht doch dazu beigetragen hat, dass deine Mutter ausgezogen ist."

„Das ist lächerlich", sagte Larissa und verließ die Praxis, ohne der Tierärztin die Hand zu geben.

20

Dienstag

Kriminalkommissarin Lydia Sarkos saß in einem ausgeblichenen roten Golf direkt vor Larissas Haustür. Die Seitenscheibe war heruntergelassen. Eine Rauchwolke kräuselte sich nach oben.

„Rauchen ist ungesund", sagte Larissa und trat an den Wagen. „Wollen Sie zu mir?"

„Ja, dein Vater meinte, dass du innerhalb der nächsten halben Stunde zurück sein müsstest. Deshalb habe ich auf dich gewartet."

Ein ungutes Gefühl kroch langsam, mit feuchten Pfoten Larissas Rücken hinauf. „Möchten Sie mich noch etwas fragen? Ich war gestern ..."

Die Kommissarin hob eine Hand. „Moment, Moment, ich muss dich mit in die Direktion nehmen. Wir brauchen deine Aussage auf Band. Das ist einfacher."

„Okayyy", sagte Larissa gedehnt. Dabei fand sie es überhaupt nicht okay, eher absolut unokay. „Ich bringe Saba eben nach oben in die Wohnung. Bin gleich zurück."

Sie roch sofort, dass ihr Vater Kaffee gekocht hatte. Zu gern hätte sie jetzt gemütlich eine Tasse mit ihm zusammen getrunken. „Hi, Paps, alles in Butter mit Saba." Sie küsste ihn zur Begrüßung auf die Wange und zeigte mit der Hand vage auf den gedeckten Tisch. „Frau Sarkos möchte, dass ich mit in die Direktion komme." Sie zuckte demonstrativ mit den Schultern. „Ich soll mir irgendwas ansehen, oder so." Sie hoffte, dass er ihr das abnahm.

„Oh, das ist schade. Na ja, dann bleibt mehr Kaffee für uns. Du bleibst doch nicht lange weg, nicht wahr?"

Sah er sie prüfend an oder täuschte sie sich?

Leichthin antwortete sie: „Es wird bestimmt nicht ewig dauern." Bekräftigend fügte sie hinzu. „Ich muss auch noch jede Menge Hausaufgaben machen."

Das Büro der Kommissarin war nicht viel größer als der Schreibtisch, der darin stand. Larissa sah sich erstaunt um. Hier war es beinahe so dunkel wie in ihrer Wohnung.

Lydia Sarkos bot ihr den Stuhl auf der Besucherseite an. Sie selbst setzte sich auf ihren Drehstuhl und rollte dicht an die Schreibtischplatte heran. „Also, ich denke, es ist an der Zeit, dass du uns noch einmal ausführlich erzählst, was du am Donnerstagnachmittag genau gemacht hast. Das ist mein Kollege, Hauptkommissar Ebeling. Er wird deiner Vernehmung beiwohnen."

Larissa wandte den Kopf. Sie hatte nicht gehört, dass der Mann ins Zimmer gekommen war. Er nickte ihr zu und hockte sich dann auf den Rand der Fensterbank. Er war so groß und breit, dass es deutlich dunkler im Büro wurde.

Hauptkommissar? War der Typ Lydia Sarkos' Vorgesetzter? Musste sie für ihn Ergebnisse bringen? Klammerte sie sich deswegen an jeden Strohhalm?

„Was wollen Sie wissen?"

„Alles, was sich abgespielt hat, nachdem du die Wohnung von Frau Kronenbaum betreten hattest."

„Tee trinken, mit Simona Lubert reden, üben, erst allein, während Frau Kronenbaum mit ihrer Kollegin sprach, danach mit ihr, anschließend Marienfriedhof, Freundin getroffen, Cola bei Kochlöffel getrunken, nach Hause gegangen", leierte sie herunter.

„Ach ja, Kochlöffel." Die Kommissarin blätterte in ihrem Notizbuch. „Den Besuch dort hattest du bei unserem letzten Gespräch gar nicht erwähnt."

Larissa war verblüfft, dass sie ausgerechnet auf dieses Detail ansprang. Hatte man da den Fünfzigeuroschein entdeckt? Das konnte sie sich kaum vorstellen.

„Gegessen hast du da nichts?"

„Nein, ich war nur durstig. Mein Vater kocht jeden Abend für uns."

„Verstehe. Kommen wir zurück zu deinem Aufenthalt im Park. Welche Freundin hast du da getroffen?"

„Elena, Elena Witte, wir gehen zusammen in eine Klasse an der WGO."

Lydia Sarkos schob ihr einen Zettel zu. „Notier doch bitte mal ihre Kontaktdaten."

„Kein Problem." Larissa brauchte nicht einmal für die Telefonnummer in ihr Handy zu schauen. Sie wusste alles auswendig.

„Eine gute Freundin?", fragte die Kommissarin.

„Wir kennen uns schon aus dem Kindergarten."

Der Mann hüstelte. „Das will nichts heißen. Aus dem Kindergarten kann man auch seinen größten Feind kennen."

Was wollte der? „Elena ist meine Freundin", wiederholte Larissa.

„Wie lange wart ihr etwa im Park zusammen?"

„Keine Ahnung, eine halbe Stunde vielleicht. Elena hatte noch eine Verabredung."

„Ohne dich?", warf der Hauptkommissar ein.

„Ja, mit einem Jungen", erwiderte Larissa schnippisch. „Befreundet zu sein, heißt nicht, dass man andauernd zusammenglucken muss."

„Wer von euch beiden ist zuerst gegangen?"

Larissa überlegte kurz. Gegangen war nicht das richtige Wort. Sie war weggerannt. „Ich!", sagte sie kurz angebunden.

„Wie spät war es da ungefähr?"

„So gegen sechs."

„Oder erst kurz nach fünf?", fragte der Kommissar süffisant.

„Nein, später."

„Du hast auf die Uhr geschaut?"

„Im Park nicht, erst als ich nach Hause kam."

„Wann genau kamst du in der Kronenbaum-Wohnung an?", fragte Ebeling.

„Viertel vor drei."

„Beim zweiten Mal, meine ich."

Larissa hatte den Mund schon geöffnet, um ihm die Zeit zu sagen, als ihr einfiel, dass er das auf keinen Fall erfahren sollte. „Ich weiß nicht, wovon Sie reden."

Der schwere Mann war aufgesprungen, stützte sich vor ihr auf der Schreibtischplatte ab und sagte drohend: „Verarsch mich nicht!"

Larissa erschrak und beugte sich zurück soweit sie konnte.

„Wolfgang, setz dich wieder hin", befahl Lydia Sarkos. „Larissa erzählt uns bestimmt gleich, was wir wissen wollen. Sie muss nur noch kurz darüber nachdenken."

Ebeling brummte etwas, das sich wie: „Da sollte sie sich besser beeilen" und „habe schließlich nicht den ganzen Tag Zeit" anhörte.

Larissa schaute auf ihre Hände. Sie wich dem Blick der Kommissarin aus, spürte ihn aber trotzdem deutlich.

„Larissa, uns liegt eine Zeugenaussage vor, die besagt, dass du das Haus um 17.25 Uhr in großer Eile verlassen hast."

Jetzt ganz cool bleiben, Larissa. Nicht den Namen Tom erwähnen. Den kennst du gar nicht. „Da muss mich der Zeuge verwechseln, vielleicht mit Juliane oder jemandem aus dem Haus."

„Deine spitze Nase ist genauso unverwechselbar wie die kleine Narbe über deinem linken Auge", erwiderte Lydia sanft.

Die hatte er bemerkt? Was für ein Glotzfisch. „Trotzdem muss es sich um eine Verwechslung ..."

„Larissa", sagte Ebeling laut, „warum warst du noch einmal in der Wohnung und was hast du da gesehen?"

Sollte sie nach einem Anwalt verlangen, wie es die Leute im Fernsehen immer taten? Blödsinn. Sie musste nur weiter leugnen. Niemand konnte ihr etwas beweisen. Vielleicht gelang es ihr sogar, die Polizisten von ihrer Fährte abzulenken.

Sie lächelte. „Ach, jetzt verstehe ich Sie. Sie reden von gestern. Ja, das stimmt. Ich war gestern tatsächlich noch ein weiteres Mal in der Wohnung." Sie beugte sich vor, sprach direkt die Kommissarin an, um ihren

Sätzen mehr Aussagekraft zu verleihen. „Wegen Ming, Sie erinnern sich? Wir hatten darüber gesprochen. Es hat mir keine Ruhe gelassen." Larissa hielt ihren Augenaufschlag für unwiderstehlich. Tatsächlich reagierten die beiden Polizisten zuerst überhaupt nicht. Also redete sie weiter: „Ich habe schnell festgestellt, dass alles weg ist. Der Korb, das Futter, die Toilette."

„Du warst in der Wohnung?", donnerte Ebeling.

Larissa zuckte zusammen. „Ja, die Tür stand offen."

„Offen?" Er war aufgesprungen, befand sich wieder ganz nah vor ihr.

„Na ja, sie ließ sich aufdrücken, wie immer. Nicht abgeschlossen und auch nicht zugeklebt oder so."

Lydia Sarkos schob sich an Ebeling vorbei. „Setz dich wieder hin, Wolfgang. Und du", sagte sie zu Larissa gewandt, „solltest endlich begreifen, dass dies hier kein Spiel ist."

‚Ich muss nur noch ein bisschen durchhalten, gleich habe ich sie überzeugt', dachte Larissa. Sie sprach jetzt viel schneller: „Ming ist bei den Nachbarn von Frau Kronenbaum. Sie haben sich früher schon um die Katze gekümmert, wenn sie unterwegs war. Das haben sie mir selbst erzählt."

Wolfgang Ebeling packte Lydias Schulter. „Was ist das für eine Geschichte mit der Katze?"

„Wir sind noch nicht dazu gekommen, dem nachzugehen. Larissa hatte die Katze erwähnt."

„Heißt das, alle möglichen Leute spazieren in diese Wohnung und machen darin, was immer sie wollen?"

„Das verstehe ich allerdings auch nicht."

„Aber ich. Die Tür muss abgeschlossen werden, damit sie richtig zu ist. Sonst kann man sie wieder aufdrücken. Das Schloss ist irgendwie kaputt", erklärte Larissa, wobei sie weiterhin versuchte, so unschuldig wie möglich zu wirken. Oder sollte sie besser sagen: so naiv wie möglich?

Ebeling schüttelte den Kopf.

„Das müssen wir unterbinden. Außerdem sollte jemand überprüfen, wann dieser Nachbar ... wie heißt er?"

Es dauerte einen Moment, bevor Larissa verstand, dass er nun mit ihr sprach. „Wels heißen die, Mutter und Sohn, er ist Elektriker oder so."

Lydia Sarkos notierte den Namen und tippte dann etwas auf ihrer Tastatur. Sie nickte Ebeling bestätigend zu.

„Larissa, was hast du noch gemacht, als du gestern in der Wohnung warst?"

„Gemacht? Nichts. Ich habe nur geguckt."

„Nach den Katzenutensilien?"

„Ja-a-a."

„Was soll das heißen?"

„Ich habe mir auch den Kalender angeschaut und ... und ... die Schale."

„Den Kalender von Charlotte Kronenbaum haben wir mitgenommen, um ihn auszuwerten."

„Sie hatte noch einen Unterrichtskalender auf dem Tisch hinter dem Flügel im Musikzimmer liegen."

„Warum wolltest du ihn anschauen?"

„Wegen der Kuverts."

Ebeling knurrte. „Mädchen, sprich einfach."

Larissa sah ihn aufmerksam an. Verlor er die Geduld? Er klopfte mit den Fingern auf dem Fensterbrett herum. Gut so. Wenn sie sich um die Familie Wels und Ming kümmerten, ließ man sie sicher in Ruhe. Und irgendwann werden sie den wahren Täter überführen. Dann würde sich niemand mehr für sie interessieren. Ich muss nur Zeit gewinnen.

Sie legte den Kopf schief. „Ich hatte Ihnen das auch schon erzählt, als Sie in unserer Wohnung waren, Frau Sarkos. Charlotte Kronenbaum ließ sich die Unterrichtsstunden immer in bar bezahlen. Jeder brachte in der ersten Woche jedes Monats das Geld mit. Ich habe in den Kalender geschaut um auszurechnen, wie viel in der Schale gelegen haben muss."

„Das Geld war weg."

Die Kommissarin formulierte das nicht als Frage.

Larissa nickte.

„Dachte ich mir. Wenn unser Team Geld gefunden hätte, wüsste ich das. Auf welchen Betrag bist du gekommen?"

„In den Kuverts? Rund dreitausend Euro."

„Nicht schlecht, Herr Specht."

„Wie viel zahlst du für deine Stunde?"

Warum ging es eigentlich ständig ums Geld? „Ich zahle gar nicht. Frau Kronenbaum hat Ming bekommen."

Zuerst sah Lydia Sarkos verwirrt aus. Dann schien sie zu verstehen. „Ihr habt quasi getauscht?"

„Genau."

„Okay, als du Unterricht hattest, lagen die Umschläge auf dem Tisch? Du hast sie gesehen?"

„In der Schale, wie jeden Monat, genau."

Lydia seufzte. „Und ich nehme an, alle wussten davon."

„Ja, klar."

„Und die Tür war nie abgeschlossen?"

„Solange Unterricht stattfand, nicht."

Die beiden Polizisten erhoben sich.

Larissa wollte schon aufatmen, da fragte Lydia Sarkos erneut: „Du bist am Donnerstag definitiv nur ein einziges Mal in der Wohnung gewesen?"

Larissa nickte heftig. Sprechen konnte sie nicht.

„Danke für deine Hilfe. Du kannst jetzt gehen. Aber damit wir uns richtig verstehen: Du gehst nicht noch einmal in diese Wohnung. Das ist kein Kinderspielplatz, sondern ein Tatort."

Am liebsten hätte sie dem dicken Ebeling die Zunge herausgestreckt. Glücklicherweise wandten die beiden ihr schon den Rücken zu.

Lydia Sarkos hielt ihr die Tür auf und wartete, bis sie das Büro verlassen hatte, bevor sie sie hinter ihr wieder schloss. Dann nickte sie Larissa zu und eilte an ihr vorbei.

Larissa schlenderte betont langsam hinter ihnen her. Doch sie schienen sie bereits vergessen zu haben.

Dienstag

Larissa schlenderte nach Hause zurück, obwohl sie viel lieber dorthin gerannt wäre und sich in ihrem Bett versteckt hätte. Sie überlegte, was sie ihrem Vater wie erzählen konnte. Er sollte sich möglichst keine Sorgen machen.

Dann fiel ihr das Gespräch mit der Tierärztin wieder ein. Speziell ihr letzter Satz.

„Denk einmal darüber nach, ob dein Vater vielleicht doch dazu beigetragen hat, dass deine Mutter ausgezogen ist."

Hatte man jemals solchen Blödsinn gehört?

Sie kickte eine Zigarettenschachtel in den Rinnstein, und als sie hochschaute, sah sie ihn.

Er stand vor ihrer Haustür.

Scheiße, scheiße, scheiße.

Ein Königreich für ein Mauseloch.

Da er den Kopf gesenkt hielt, bemerkte er sie erst, als sie direkt vor ihm stehen blieb. Sie stemmte die Fäuste in die Hüften.

„Was willst du von mir?"

„Larissa."

„Stotter nicht rum. Was ist?"

„Larissa!"

„So heiße ich, ja, und nu?"

„Du ... ich habe dich gesehen. Vor dem Haus der Kronenbaum. Ich bin mir hundertpro sicher."

Er hatte sehr laut gesprochen. „Schrei hier nicht herum", befahl Larissa. Sie packte seinen Arm und zerrte ihn hinter sich her. „Komm mit, ich muss sowieso noch mal zu Rewe."

Sie wollte nicht, dass ihr Vater etwas mitbekam. Das fehlte gerade noch.

Sie gingen nebeneinander her, vorbei an der Hauptschule Alter Markt. Als sie an der Kardinal-Bertram-Straße angekommen waren, überquerte Larissa mit ihm die Straße in einem schrägen Winkel. Sie steuerte eine der Bänke vor der Andreaskirche an. Nachdem sie sich gesetzt hatte, fragte sie: „Also, nun erzähl mal, was hast du davon, mich da mit reinzuziehen?"

Er sah sie völlig verblüfft an. „Du hast mich fast umgerannt. Und da war es kurz vor halb sechs."

Larissa lächelte so süffisant wie sie konnte. „Sag mal, willst du mich anbaggern? Ist ja ziemlich originell, funktioniert aber nicht."

Tom sprang auf. „Du tickst ja nicht ganz sauber. Was sollte ich von so einer dürren Psychopathin wie dir wollen?"

„Siehste, genau das frage ich mich schon die ganze Zeit." Sie griente breit. „Ich hab da nämlich keine Erfahrung mit Stalkern." Hoffentlich bemerkte er nicht, dass sie sich nicht halb so lässig fühlte wie sie sich gab. Dürre Psychopathin? Hatte der sie noch alle?

Tom trat wütend gegen die Bank. „Du hast sie umgebracht, gib es zu. Und wahrscheinlich hast du auch das Geld geklaut." Er sah empört auf sie herunter. „Hast es ja mehr als nötig."

Das war zu viel. Wie von einem Katapult abgefeuert sprang sie auf. „Ich eine Diebin? Ha!" Sie schubste ihn mit beiden Händen. „Als ich gegangen bin, waren alle Kuverts noch da. Und die Kronenbaum lebte." Die letzten Worte hatte sie mehr gezischt als gesprochen. „Gib's doch zu. Du wolltest das Geld, sie hat dich erwischt und bumm."

Er hob die Hand und scheuerte ihr eine, dass ihr Kopf zur Seite flog.

„Aua! Was fällt dir ein?", schrie sie. Ihre Wange brannte. Tränen stiegen ihr in die Augen.

„Tut ... tut mir leid. Das wollte ich nicht. Echt. Es..."

Mit Eis in der Stimme sagte Larissa: „Hast du das bei der Kronenbaum genauso gemacht?" Sie drehte sich um und ging über den Andreasplatz davon.

„Nein, nein, ich war das nicht, ich habe sie nur gefunden. Warte! Lauf nicht weg. Du musst die Wahrheit sagen, bitte."

‚Bloß nicht umdrehen', dachte Larissa. Hoffentlich kommt er mir nicht hinterher. Nachdem sie die Treppen zum Huckup hinaufgestiegen war, befühlte sie ihre Wange. Wie kam der Arsch dazu, sie zu schlagen?

22

Dienstag

Währenddessen ...

Tom sah ihr nach.

Verdammte Kacke.

Was war er für ein Vollpfosten.

Danke Papa!

Wütend trat er gegen die Bank, bis ihm die Füße wehtaten. So ein verdammter Dünnschiss. Sie konnte ihn anzeigen. Keine Frage. Er fror plötzlich ganz erbärmlich. Dann musste er lachen. Vielleicht würde sein Vater ihn dafür sogar noch loben. „Gut gemacht, mein Sohn. Du bist eben ein echter Seeliger." Gefolgt von einem Schlag auf die Schulter. „Den Weibern muss man gelegentlich zeigen, wo es langgeht, sonst werden sie übermütig." Anschließend würde er ihn auf ein Bier einladen und seinen Kumpels berichten, was für ein Macker sein Sohn war.

Tom ließ sich auf die Bank fallen. Er schüttelte sich und schlang die Arme um seinen Oberkörper.

So hatte er nie werden wollen.

Niemals.

Immer wieder hatte er sich geschworen, dass er niemals eine Frau schlagen würde und Kinder auch nicht.

Verdammt.

Er saß einfach nur da und starrte auf das Pflaster unter seinen Füßen.

Der Klang der Glocken riss ihn aus seinen Gedanken. Er musste nach Hause. Die anderen warteten auf ihn, sie hatten sich zum Turnier verabredet.

Außerdem war er sich plötzlich vollständig sicher, dass Larissa ihn niemals anzeigen würde. Dann lief sie nämlich Gefahr, dass er ebenfalls auspackte. Das würde sie nicht riskieren.

Er beeilte sich, nach Hause zu kommen und ging quer über den Andreasplatz.

Andererseits war sie schuld, dass diese dümmliche Kommissarin bei ihm aufgetaucht war. Sie hatte sich sogar vorher telefonisch angekündigt. Er lachte heiser. Wahrscheinlich befürchtete sie, dass mein Vater sie sonst rückwärts aus der Wohnung geworfen hätte, wenn sie unangekündigt geklingelt hätte.

Sie hat ihm lang und breit erklärt, weswegen sie kommt, dass es nur um eine Zeugenaussage geht. Blöde Kuh.

Hatte sie echt geglaubt, sein Vater würde es ihm übel nehmen, wenn er gegen Gesetz und Ordnung verstieß? Der erwartete doch von ihm, dass er sich alles klaute, was er sich nicht leisten konnte. Ladendiebstahl als Hobby, das hätte er Melvyn erzählen können.

Doch das Wort Klavierunterricht, das ließ ihn aufhorchen. Obwohl Tom nicht hören konnte, was genau die Kommissarin am Telefon sagte, erkannte er an der Körperhaltung seines Vaters, wann er begriff, dass Tom zum Klavierspielen ging.

„Wie viel?“, war alles, was er fragte. Dann schlug er das erste Mal zu.

Die Kommissarin hatte ihm goldene Brücken gebaut. Er hätte nur ein Wort sagen müssen, und sie hätte seinen Vater eingebuchtet.

Kurz war er drauf und dran gewesen.

Seine Mutter hatte den Kopf geschüttelt. Und, verdammt, sie hatte recht. Wie viel bekam er für das Verprügeln seines Sohnes in der Bewährung? Vier Wochen oder sechs?

Und danach?

Scheiß drauf.

Seine Hand lag bereits auf dem Türgriff, als ihm etwas einfiel.

Wem hatte er das alles zu verdanken?

Larissa!

Wenn die blöde Schlampe für ihn ausgesagt hätte, wäre die Kommissarin nie vorbeigekommen, um ihn noch einmal auszuquetschen.

Vielleicht sollte er das Spiel heute absagen und Larissa stattdessen ein wenig erschrecken?

Dienstag

Larissa hatte den Andreasplatz umrundet und lief weiter in Richtung Schützenallee, am Hagentorwall war sie links abgebogen und marschierte nun durch die Grünanlagen.

Ihre Wut auf Tom hatte sich verwandelt. Sie machte sich selbst Vorwürfe. Warum hatte sie ihn dermaßen provoziert? Sie wusste doch ganz genau, dass er nicht der Mörder der Kronenbaum war.

Warum ließ er sie nicht in Ruhe?

Verdächtigte ihn die Polizei tatsächlich? Sie erschrak. Nein, das war völlig unmöglich. Dann liefe er kaum noch frei in der Gegend herum, um sie zu nerven.

Larissa stolperte. Es war inzwischen so dunkel geworden, dass sie aufpassen musste, wohin sie trat. Sie liebte Tiere, aber Hinterlassenschaften von Hunden an ihren Schuhen verabscheute sie. Deshalb bemühte sie sich, möglichst in der Mitte des Weges zu bleiben. Sie hoffte, dass die Leute ihre Lieblinge wenigstens an den Rand führten, bevor sie sich erleichterten.

Sie jedenfalls passte lieber genau auf, wo sie entlangging.

Heute hatte sie ein seltenes Talent an den Tag gelegt, es sich mit allen Menschen zu verderben, mit denen sie sprach.

Am Morgen mit Elena, dann mit der Tierärztin. Die beiden Polizisten waren ebenfalls nicht sonderlich gut auf sie zu sprechen. Und nun dieser Tom.

Sie schüttelte sich. Es wurde Zeit, dass sie nach Hause kam, sonst würde sich ihr Vater Sorgen machen. Das fehlte ihr gerade noch. Eine Standpauke am Abend.

Vielleicht sollte sie Bescheid sagen, dass es später werden würde. Wie lange brauchte sie noch? Gerade war sie um die Ecke gebogen und ging nun am Regenrückhaltebecken entlang. Zwanzig bis dreißig Minuten garantiert. Sie zog ihr Handy aus der Hosentasche und drückte die Kurzwahltaste für Zuhause.

Ihr Vater meldete sich mit verschlafener Stimme. „Gellner."

‚Verdammt, er war schon eingeschlafen gewesen und hätte gar nichts gemerkt.'

„Hi, Paps, ich bin's. Bin bei der Polizei raus und auf dem Weg zu dir. Alles okay?"

„Ja, ja, wie spät ist es denn?"

„Kurz nach neun."

„Soll ich dir noch etwas zu essen machen? Hast du Hunger?"

War sie hungrig? „Nee, lass mal. Ich schmier mir vielleicht eine Scheibe Brot, wenn ich da bin. Leg dich wieder hin."

„Ich warte auf dich. Dann kannst du mir die ganze Geschichte in Ruhe erzählen. Bis gleich."

„Es wird aber ein bisschen dauern."

„Süße, nimm den Bus. Und geh ja nicht durch die Grünanlagen. Da treibt sich nachts Kroppzeug herum."

„Kein Problem. Den Bus habe ich gerade verpasst, und wenn ich auf den nächsten warte, komme ich noch später."

„Pass auf dich auf."

„Mach ich. Tschüss." Larissa drückte das Gespräch weg und wollte das Handy in die Tasche zurückstecken, als jemand ihr von hinten eine Plastiktasche über den Kopf zog. Sie schrie auf, zerrte mit beiden Händen an den Armen, die sie umklammerten. Es half nichts. Dann spürte sie, dass der Angreifer versuchte, ihr die Beine wegzuziehen. Auf keinen Fall. Das durfte sie nicht zulassen. Sie konnte kaum noch atmen. Das Plastikmaterial klebte an ihrem Mund und ihrer Nase. Weg damit. Sie keuchte.

Sie schlug mit dem Ellenbogen nach hinten aus, traf. Ihr Gegner stöhnte. Seine Umklammerung wirkte weniger fest. Sein Atem ging schwer. Sofort riss Larissa an der Tüte. Sie musste das Ding loswerden. Als sie strauchelte, kam ihr eine Idee. Übergangslos ließ sie sich auf die Knie fallen. Ihr Angreifer grunzte, weil er selbst wankte.

Larissa prallte heftig auf dem Boden auf. Ihr linkes Bein knickte zur Seite und sie kippte um. Die Tüte lockerte sich um ihren Hals, klebte aber immer noch an ihrem Gesicht. Panisch zerrte sie an dem Kunststoff, als sie Schritte hörte. Sie begann zu strampeln, um sich zu treten. Himmel. Sie krallte ihre Fingernägel in die Tüte, spürte, dass sie sie durchstochen hatte, piekte tiefer, bis ihre eigenen Nägel ihre Haut zerkratzten, riss dann zur Seite und schnappte nach Luft. Endlich. Kaum hatten ihre Lungen sich wieder mit Luft gefüllt, schaute sie sich um. Wo war ihr Angreifer? Hatte sie ihn vertrieben? Es war niemand zu sehen. Sie wollte um Hilfe rufen, brachte aber nur ein schwaches Röcheln zustande.

Sie setzte sich hin, versuchte, ihren Atem zu beruhigen, damit sie hören konnte, wenn sich jemand näherte. Mit zitternden Fingern zog sie sich die Fetzen der Plastiktüte vollends vom Kopf. Aldi.

Sie zitterte am ganzen Körper. Hilfe. Ein dicker Knoten steckte in ihrem Bauch fest und verhinderte, dass sie schreien konnte. Er dehnte sich immer weiter aus, wanderte in ihrer Kehle nach oben und sorgte dafür, dass sie weinen musste, schluchzen und wimmern.

Sie musste Hilfe holen. Die Polizei anrufen.

Nein, auf keinen Fall.

Bloß nicht die Polizei.

Ihr Vater konnte ihr auch nicht helfen.

Wen konnte sie anrufen?

Anrufen?

Ihr Handy. Wo war es geblieben?

In ihrer Hosentasche steckte es nicht. Es musste heruntergefallen sein, als dieser Idiot sie angegriffen hatte.

Auf allen vieren kroch sie über den Boden und fühlte danach. Verdammt! Sie schluchzte immer noch, stieß sich die Knie an irgendeiner dämlichen Steinkante. Ihre Fingerspitzen berührten etwas, das davonrutschte. Ihr Handy?

Bitte, lass es mein Telefon sein.

Tatsächlich. Sie drückte auf das Display. Erleichtert stellte sie fest, dass es funktionierte. Sie ließ ihre Kontakte über den Bildschirm gleiten.

Dann tippte sie auf Elena.

„Los, geh dran“, flehte sie.

„Hi!“ Elenas Stimme klang spröde.

„Elli, du musst mir helfen bitte.“ Obwohl sie sich Mühe gab, den Schluchzer zu unterdrücken, drängte er sich nach draußen.

Sie hörte, dass Elena erschrocken einatmete. „Was ist passiert?“

Larissa bemühte sich, es zu erklären, doch es gelang ihr nicht. Stattdessen heulte sie, zersägte die Wörter mit ihren Schluchzern.

„Schon gut, schon gut. Ich komme. Wo bist du?“

Rotz tropfte Larissa aus der Nase. Elena würde kommen, alles würde gut werden.

„Lissy, wo bist du? Du musst mir sagen, wo du dich befindest, sonst kann ich dich nicht finden.“

„Dan - ke.“ Larissa zog die Nase hoch, versuchte, sich zusammenzureißen.

„Lissy, wo?“

„Im Park.“

„Gut, wo genau?“

„Am ... Becken.“

„Mehr an der Bundesstraße oder weiter zur Bischofsmühle hin?“

Larissa sah sich um. „B1“, nuschelte sie und humpelte auf eine Laterne zu.

„Bist du verletzt?“ Elenas Stimme klang drängend. Außerdem schien sie sich zu bewegen.

„Nicht richtig.“

„Okay, hast du genug Strom? Ich ruf dich gleich wieder an, wenn ich in der Nähe bin.“

„Nein!“ Larissa schrie das Wort in das Telefon. „Nicht weggehen.“

„Okay, okay, schon gut, rede mit mir. Ich muss mich eben anziehen.“

„Elena, lass mich nicht allein.“ Diesen Satz bekam sie fast ohne Unterbrechung heraus. Langsam ließ das Schluchzen nach. Sie weinte nur noch, beinahe lautlos. So viele Tränen. Fest presste sie das Handy ans Ohr. Sie stand jetzt direkt unter der Laterne und lehnte sich gegen den Pfahl. Sie beobachtete die Stelle, wo der Lichtkegel nach und nach seine Kontur verlor und in Dunkelheit überging. Sie konnte hören, dass Elena mit jemandem sprach. Mit ihrer Mutter vielleicht. Hoffentlich durfte Elena um diese Zeit weggehen.

„Elli, kommst du? Ich stehe unter einer Laterne. Du wirst mich gleich sehen.“ Doch die Freundin antwortete nicht. „Elena!“ Larissa schrie so laut sie konnte.

„Alles klar, ich bin angezogen. Geh nicht weg. Erzähl mir, was du siehst.“

Was ich sehe? Larissa sah sich erstaunt um. Hier gab es nichts zu sehen. „Kies!“, sagte sie.

„Oh gut“, erwiderte Elena. Scheinbar blies ihr Wind ins Gesicht. Sie war nicht gut zu verstehen.

Larissa musste auf einmal kichern. „Grashalme, Grashalme sehe ich auch und ein, nein zwei Gänseblümchen.“

Larissa hörte Türen klappen. Das bedeutete wohl, dass Elena das Haus verließ. Sie redete einfach weiter, erzählte von den Rasenkanten, dem Zigarettenstummel und der Plastiktüte, die vor ihr auf dem Weg lagen. Plastiktüte? Nein, nicht gut. Keine Plastiktüte.

Sie begann zu hecheln. Kein Plastik. Nicht blau, nein, nein.

„Ist gut. Psst. Lissy, alles ist gut. Ganz ruhig. Ich bin schon auf der Brücke. Ich glaube, ich kann dich sehen. Ich bin gleich bei dir."

Das war unmöglich. Niemals kam Elena so schnell von Ochtersum hierher. Es sei denn, sie konnte fliegen.

Larissa fuhr herum, als Schritte den Kies knirschen ließen. „Ich bin's, Elena", sagten die Gestalt, die auf sie zu eilte, und ihr Handy gleichzeitig. Sie ließ es fallen und lief der Freundin entgegen.

24

Dienstag

Larissa konnte nicht sagen, wie lange Elena sie unter der Laterne im Arm gehalten, sanft gewiegt und ihr die Haare gestreichelt hatte, bevor sie langsam zur Brücke gegangen waren. Dort wartete Konstantin auf sie. Larissa erstarrte. Doch Elena bugsierte sie näher zu ihm und seinem Moped. „Konsti war bei mir zu Hause, und ohne ihn und seinen fahrbaren Untersatz wäre ich nie so schnell hier gewesen."

Das sah Larissa ein. Sie wollte aber trotzdem nicht, dass Konstantin sich in ihre Probleme einmischte.

Elena schien zu spüren, dass ihr Widerstand wuchs und drückte ihren Arm umso fester. „Vertrau mir", flüsterte sie.

Konstantin hielt einen Helm in der Hand, ein zweiter lag auf der Sitzbank. Er schaute sie prüfend an. Seinem Gesichtsausdruck nach zu urteilen, sah sie zum Fürchten aus. „Ihr solltet die Polizei rufen", sagte er leise.

Larissa schüttelte den Kopf.

„Sie wurde nicht vergewaltigt", sagte Elena. „Und ausgeraubt scheinbar ebenfalls nicht."

„Körperverletzung kann man auch anzeigen", brummte Konstantin.

„Der ... der wollte mir nur Angst einjagen", sagte Larissa unsicher.

„Das klingt, als wüsstest du, wer dich überfallen hat?" Konstantin stemmte die Hände in die Hüften.

„Du solltest dich lieber mit uns treffen, da passiert dir so etwas nicht."

Larissa sah ihn verblüfft an.

Elena verdrehte die Augen. „Konsti, ich glaube nicht, dass es sich hier um ein Rendezvous handelt, was aus dem Ruder gelaufen ist."

„Du musst es ja wissen", knurrte er.

Elena ignorierte ihn. „Pass auf, Lissy. Konsti fährt dich jetzt entweder zu dir nach Hause oder zu mir. Ganz wie du willst. Anschließend kommt er zurück und holt mich. Danach besprechen wir die Sache in aller Ruhe und überlegen uns, wie es weitergehen soll. Okay?"

Larissa nickte. „Zu mir." Nach einer kurzen Pause fügte sie hinzu: „Bitte."

Er reichte ihr den Motorradhelm.

Einen Augenblick lang fühlte sie einen Panikknoten in ihrem Magen entstehen, als sie den Helm über den Kopf stülpen wollte. Sie biss sich auf die Lippen und setzte ihn mit einem Ruck auf.

Sie ließ sich nicht unterkriegen, auf keinen Fall.

Es war ein gutes Gefühl, sich an Konstantin festzuhalten.

Viel zu schnell hielt er vor ihrer Haustür an. Sie stieg ab und nahm den Helm ab. Er hatte das Visier hochgeklappt und sah sie prüfend an. Larissa wusste nicht, was sie sagen sollte. Mehr als ein gehauchtes „Danke" fiel ihr nicht ein.

„Ich hole jetzt Elli, kommst du so lange alleine klar?"

Sie nickte nur.

Er lächelte ihr aufmunternd zu und fuhr davon.

Larissa stellte sich in den Hauseingang und atmete ganz bewusst ein und aus. Hier war es zwar dunkel, aber das bedeutete nicht zwangsläufig, dass eine Gefahr auf sie lauerte.

Eine Gefahr.

Ein Angreifer.

Ein Gegner.

Ein Feigling.

Sie zückte das Handy, loggte sich in ihren Facebookaccount ein und schickte Tom eine PM. „Du machst mir keine Angst. Behalte deine Plastiktüten für dich. Scheißkerl. Lass mich in Ruhe."

Da sie sah, dass er on war, kappte sie die Verbindung sofort wieder, bevor er reagieren konnte. Glücklicherweise kannte er ihre Handynummer nicht. Jedenfalls hoffte sie das. Bei dem Idioten sollte man sich nie zu sicher sein.

Sie hörte Konstantins Moped kommen, ehe sie den Scheinwerfer sehen konnte.

Er hielt am Straßenrand, Elena stieg ab, nahm den Helm ab und kam zu ihr. Sie winkte ihm hinterher, nachdem er gewendet hatte und davonfuhr.

„Wie sehe ich aus?", fragte Larissa.

Elena betrachtete sie eingehend. Dann wackelte sie mit dem Kopf.

„Du könntest sagen, du bist im Dunkeln gestolpert und hingefallen."

„Hoffentlich ist das nicht nötig. Wenn wir Glück haben, schläft mein Vater schon. Er war ziemlich kaputt, als ich vorhin mit ihm telefoniert habe."

Es klappte. Zwar stand die Tür zum Wohnzimmer offen, und Licht brannte auch noch. Doch Larissas Vater schlief tief und fest.

Sie schaltete die Lampe aus und schloss die Tür.

Nun saßen die beiden Mädchen mit einer großen Tasse Kakao in Larissas Zimmer und schwiegen.

Schließlich sagte Elena: „Dein Zimmer ist gemütlich."

Erst jetzt fiel Larissa ein, dass die Freundin zum ersten Mal bei ihr war, nachdem sie umgezogen waren. Verstand sich doch von selbst, dass sie in diesem Loch niemanden empfangen konnte.

Plötzlich fragte sie sich auch, woher Konsti gewusst hatte, wohin er sie bringen musste.

Sie seufzte. Eigentlich hätte sie sich das denken können. Wenn Elena etwas wissen wollte, fand sie es heraus.

„Wie geht es deinem Vater?", erkundigte sich Elena leise.

„Viel besser als die Ärzte vorhergesagt hatten. Er schafft es."

„Gut, und wie geht es dir?"

Larissa verkniff sich eine patzige Antwort und sagte stattdessen: „Am besten erzähle ich dir alles von Anfang an." Sie seufzte noch einmal tief, trank einen großen Schluck und berichtete zuerst vom Auszug ihrer Mutter, erzählte, wie ihr Vater gelitten hatte, als er seine Zucht schließen musste. Dann vom Umzug in diese winzige Wohnung, dass sie inzwischen von Unterstützung lebten und von den fünfzig Euro, die sie für Sabas Besuch bei der Tierärztin geklaut hatte.

Elena saß einfach da. Die Tasse in der Hand. Gelegentlich gab sie bestätigende Geräusche von sich. Doch sie fragte nichts und kommentierte auch nicht.

Als Larissa zu dem Teil kam, den Elena schon kannte, nickte diese und warf ein: „Ich hab ein paar Infos über diesen Tom zusammengetragen. Erzähle ich dir später."

Endlich berichtete Larissa, wie sie ihren Vater aus dem Park angerufen hatte, damit er sich nicht sorgte.

„Tom hat mir von hinten eine Plastiktüte über den Kopf gestülpt", sagte sie und musste schon wieder weinen.

„Er hat was? Bist du sicher? Natürlich bist du sicher. Das ist ein Mordversuch. Das geht gar nicht. Du musst die Polizei anrufen und ihn anzeigen."

Larissa schüttelte den Kopf. „Das kann ich nicht, dann denken die, ich habe Charlotte Kronenbaum ermordet."

„Aber du hast doch ein Alibi."

„Seit wann?"

„Schon immer." Elena sagte dies im Brustton der Überzeugung.

„Ist mir neu."

Elena nickte. „Genau das ist dein Problem, du bist viel zu vergesslich." Sie sprach jetzt ganz langsam und betonte jedes einzelne Wort. „Du erinnerst dich, dass wir im Marienfriedhof auf der Bank gesessen haben?"

„Ich bin ja nicht völlig verblödet."

„Dass du deine Notenmappe liegen gelassen hattest, weißt du auch noch?"

Ein dickes Fragezeichen entstand vor Larissas geistigem Auge. Hatte sie ihre Noten dabei gehabt? Sie konnte es nicht mehr sagen.

Elena ignorierte sie mit einem fröhlichen Lächeln und sagte: „Wir hatten uns schon getrennt, als mir deine Mappe auffiel. Da ich wusste, dass du jeden Tag übst, bin ich dir gefolgt und habe sie dir übergeben. Das muss so um Viertel vor sechs gewesen sein. Wo war das noch mal? Genau, direkt vor der Innenstadtwache, auf der Fußgängerzone."

„Kurz bevor ich zu Kochlöffel gegangen bin, meinst du?"

„Ja ja, wir haben uns dort einen Moment unterhalten, über ... worüber eigentlich?"

„Über Saba."

„Deine Katze?"

„Exakt, ich hatte dir erzählt, dass ich am Dienstag, obwohl Kinotag ist, doch nicht mitkommen kann, weil ich den Tierarzttermin wahrnehmen muss."

„Ich erinnere mich wieder."

Larissa zögerte, wandte dann ein: „Mein Vater hat mir erst heute Mittag gesagt, dass er es wegen seiner Krankheit nicht schafft, dorthin zu gehen."

Elena sah sie mitleidig an.

„Aber du hättest ihn sowieso niemals alleine gehen lassen, oder?"

„Wahrscheinlich nicht. Also ist das wohl okay, wenn wir es so darstellen." Sie unterbrach sich und dachte nach. „Was läuft denn im Kino? Was wollten wir gucken?"

„Seelen."

„Das Ding von Stephenie Meyer, das sie nach den Vampirschnulzen geschrieben hat?"

„So ist es."

„Ich war schon gefühlte Ewigkeiten nicht mehr im Kino."

Elena zuckte mit den Schultern. „Weiß doch keiner, und selbst wenn, es ist eben manchmal so. Da läuft einfach nichts Gutes." Sie grinste breit. „So, das hätten wir. Morgen nach der Schule gehen wir direkt zur Polizei und ergänzen deine Aussage. Und jetzt kümmern wir uns um diesen Tom."

„Was meinst du mit kümmern?"

„Der darf damit nicht durchkommen. Das ist dir klar, oder?"

Es dauerte länger als eine halbe Stunde, bevor Larissa sich damit einverstanden erklärte, dass Elena über ihren Facebookaccount Kontakt zu Tom aufnahm.

„Was soll das bewirken?", hatte sie gefragt.

„Ich will ihn dazu bringen, dass er sich verrät, dass er uns irgendein Detail nennt, das nur der Täter wissen kann."

„Und dann?"

„Haben wir ihn im Sack. Wenn wir ihm beweisen können, dass er dich angegriffen hat, muss er tun beziehungsweise lassen, was wir ihm sagen."

Larissa zögerte noch. „Sobald die Polizei den wahren Täter verhaftet hat, ist der ganze Spuk sowieso vorbei."

Elenas Blick verriet ihr, dass sie daran nicht glauben mochte. „Ich bin allerdings nach wie vor der Meinung, dass du ihn anzeigen solltest."

Larissa schüttelte den Kopf und flüsterte: „Im Prinzip hat er ja recht. Ich könnte ihn entlasten."

„Red kein Blech. Du bist nicht für ihn verantwortlich."

Sie rief Larissas Facebookaccount auf und schaute sich an, was diese vor ihrer Haustür geschrieben hatte, nachdem Konstantin sie abgesetzt hatte.

Halblaut las sie die Sätze vor. „Du machst mir keine Angst. Behalte deine Plastiktüten für dich. Scheißkerl. Lass mich in Ruhe."

Vor allem interessierte sie sich allerdings für Toms Antwort. „??? Was soll das heißen?", hatte er zurückgefragt.

Flink arbeitete sich Elena durch Toms Einträge. Je mehr sie las, umso langsamer wurde sie. Schließlich nahm sie einen Zettel zur Hand und notierte sich Zeiten. Dabei kontrollierte sie argwöhnisch den grünen Punkt neben seinem Namen. Hoffentlich schaltete er nicht ausgerechnet jetzt aus. Sie las weiter, nickte bestätigend.

Larissa beobachtete sie und fragte sich, was die Freundin da machte. Wonach suchte sie? Am liebsten hätte sie sich in ihr Bett gekuschelt, obwohl sie ahnte, dass sie sich die halbe Nacht herumwälzen würde. Und Dunkelheit musste sie jetzt auch nicht haben. Sie konnte die Nachttischlampe anlassen. Was tat Elena nun? Sie notierte schon wieder etwas und kehrte danach zu Larissas Seite zurück.

Endlich klickte sie seinen Namen an, sodass sich ein Chatfenster öffnete. Sie tippte „Hi!". Scheinbar saß Tom vor seinem Rechner, denn er reagierte sofort.

„Was meinst du mit den Tüten?"

Larissa war so an Elena herangerückt, dass sie mitlesen konnte. Sie hatte beide Arme um ihren Oberkörper geschlungen und zwang sich, ganz still zu halten, sich nicht zu wiegen.

„Hi, Tom, hier ist Elena."

„Wer?"

„Larissas Freundin."

„Okay."

„Was willst du von ihr?", tippte Elena langsam.

„Sie soll aussagen, dass sie um 17.25 Uhr aus dem Haus in der Bahnhofstraße kam und die Kronenbaum da schon tot war."

„Warum sollte sie das tun?"

„Weil es stimmt."

„Sagst du."

„Ich hab sie gesehen. Sie stand weniger als zehn Zentimeter von mir entfernt."

Elena beschloss, nicht darauf einzugehen. „Was hast du für ein Problem?"

„Die Bullen verdächtigen mich."

Der Satz tauchte so schnell auf, dass Elena das Gefühl hatte, dass er ihn schon eingegeben hatte, bevor sie ihre Frage gestellt hatte. Jetzt würde sie zum Angriff übergehen. „Deswegen überfällst du sie im Park?"

„Nonsense."

„Nope."

„Ich wollte sie nur um Hilfe bitten."

„Indem du ihr eine Plastiktüte über den Kopf ziehst?"

„Bist du irre? Bin mit dem Fahrrad an ihr vorbeigefahren, mehr nicht."

Larissa legte der Freundin eine Hand auf die Schulter. „Damit meint er den Vorfall gestern. Heute habe ich nichts von einem Fahrrad bemerkt."

„Nicht gestern, heute, heute Abend, du Vollpfosten."

„??? Die Backpfeife? Auch ohne Tüte."

Elena sah sie fragend an. „Was meint er?"

„Er stand vor meiner Haustür, als ich von der Polizei kam."

„Lauert er dir auf?"

„Ständig. Ich bin ein Stück Richtung Fußgängerzone mit ihm gegangen, damit mein Vater nichts mitbekommt."

„Und dann hat er dich geohrfeigt?"

Larissa senkte den Kopf. „Ich hab ihn provoziert." Sie stockte. „Außerdem scheint er echt Angst zu haben, dass die Polizei ihn für den Täter hält."

„Das ist kein Grund."

Larissa zuckte mit den Schultern.

„Später, im Park", tippte Elena und drückte dabei Larissas Hand, die immer noch auf ihrer Schulter lag.

„War den ganzen Abend zu Hause. WOW zocken, mit meinen Kumpels Adrian und Steffen, ich bin der Troll Cornan mit der dicken Nase. Meine Gilde Sons of Chaos hatte einen Raid, sind gerade fertig geworden."

„Wovon redet der?", fragte Larissa.

„World of Warcraft", dann ergänzte sie: „Hatte ich mir schon gedacht. Er hat die Community seit etwa

17.30 Uhr regelmäßig über seine Fortschritte informiert, inklusive Screenshots."

Larissa ließ sich auf ihr Bett fallen. „Du willst mir sagen, dass er das im Park nicht gewesen sein kann."

Elena nickte. „Sieht ganz so aus."

25

Mittwoch

Als Larissa aufwachte, saß Elena schon wieder am Rechner. „Machst'n?"

Elena lachte. „Am besten gehst du erst einmal unter die Dusche, dann reden wir weiter."

Da Larissa nicht reagierte, sagte sie: „Du hast noch eine gute halbe Stunde, bevor Konsti kommt."

Langsam schob Larissa die Füße über den Rand ihres Bettes. „Ich verstehe nicht. Wie spät ist es?"

„Ach ja, und dein Vater muss bald in der Schule anrufen und dich für heute krank melden."

„Ich bin nicht krank."

Elena griente. „Ich schon, Konsti auch." Sie tippte auf den Monitor. „Wir wollen ein wenig recherchieren."

Larissa beugte sich vor. Simona Lubert im tief dekolletierten schwarzen Abendkleid lächelte ihr entgegen. „Was hast du vor?"

„Ein Interview. Für unsere Schülerzeitung. Um 9.30 Uhr haben wir einen Termin."

„Was willst du sie fragen?"

„Da fällt mir garantiert etwas ein, ich muss es nur so hinbiegen, dass wir erfahren, ob sie ein Alibi hat, für den Zeitpunkt des Mordes und für den Überfall auf dich."

„Du meinst?"

„In der Liebe und im Krieg ist alles möglich."

„Und was soll ich tun?"

„Geh erst einmal duschen und sprich mit deinem Vater. Der Rest findet sich."

Larissa schüttelte den Kopf, rappelte sich aber aus dem Bett auf und ging über den Flur. Ihr Vater saß am Küchentisch. Er schien auf sie zu warten. Sie lächelte ihm zu.

„Morgen, hast du gut geschlafen?"

„Dir auch einen guten Morgen. Hast du Besuch? Entschuldige, dass ich gestern Abend nicht mehr wach war, als du kamst."

„Kein Problem. Elena hat bei mir übernachtet."

Sie konnte sehen, wie sehr er sich darüber freute.

Na dann, auf zum Angriff. „Paps, ich bin gestern im Park hingefallen und habe mir das Knie aufgeschlagen."

Er sprang auf. „Zeig mal."

„Nicht so schlimm, nur wegen des Schotters ... verstehst du, ich würde gern zum Arzt gehen. Nicht dass da noch Steinchen oder andere Teilchen in der Wunde kleben."

„Oh, ja, unbedingt. Besser ist das. Soll ich anrufen und dich für heute entschuldigen?"

Larissa nickte. „Danke."

Er räusperte sich. „Und Elena? Ist die auch ...?" Er schien nicht zu wissen, wie er es formulieren sollte.

„Sie ist freigestellt, weil sie ein Interview für die Schülerzeitung führen wird."

„Verstehe, na dann."

„Ich gehe duschen, danach kommen wir zum Frühstück."

Larissa war froh, als sie die Wohnung verlassen konnten. Ihr Vater hatte sich die ganze Zeit über fröhlich mit ihnen unterhalten. Doch Larissa hatte gespürt, dass es ihn anstrengte. Außerdem hatte sie sich ein wenig geschämt, weil er wusste, dass sie beide schwänzten.

Sie hoffte inständig, dass er nicht aus dem Fenster schaute und mitbekam, dass Konstantin ebenfalls nicht zur Schule gegangen war.

Nachdem er Elena umarmt und geküsst hatte, drückte er ihr ein Päckchen in die Hand, das sie in ihre Jackentasche steckte, ohne es anzusehen.

Während Elena sich den Helm aufsetzte, sagte sie: „Du gehst jetzt zum Arzt und bittest ihn, dich zu untersuchen. Lass dir ein Attest geben."

„Wozu?"

„Falls du den Typen doch noch anzeigen willst, der dich überfallen hat."

„Hat eh keinen Zweck."

Konstantin widersprach. „Das sehe ich anders. Der Kerl hat vermutlich auch die Kronenbaum auf dem Gewissen. Der gehört in den Knast."

„Das Thema nehmen wir uns später vor", sagte Elena bestimmt. Nach einer Pause fragte sie: „Sag mal, bist du eigentlich sicher, dass dich ein Mann angegriffen hat?"

Larissa stutzte. Darüber hatte sie gar nicht nachgedacht. „Weiß nicht, bin einfach davon ausgegangen."

Elena nickte und drückte sie. „Dachte ich mir. Schauen wir mal, ob Frau Lubert infrage kommt. Wir treffen uns wie verabredet gegen 11 Uhr in der Stadtbücherei." Sie stieg auf das Moped und Konstantin fuhr los. Elena winkte.

Larissa stand am Straßenrand und überlegte, wie sicher sie war, dass ein Mann sie angegriffen hatte. Wie war sie auf Tom gekommen?

Weil nur Männer Frauen in Parks überfallen.

Weil er der Einzige war, mit dem sie Stress hatte.

Weil ...

Sobald sie begann, sich den Vorfall ins Gedächtnis zurückzurufen, fing sie an zu zittern. Sie zog ihre Jacke fester um ihren Körper. Sie musste sich erinnern. Unbedingt.

Er war größer als sie.

Definitiv.

Was hatte sie noch gespürt?

Hände. Männerhände oder Frauenhände? Konnte man den Unterschied spüren? Vielleicht die Fingernägel?

Nein, das konnte sie nicht sagen. Kräftige Hände jedenfalls. Klavierspielerinnenhände?

Keine Ahnung.

Der Körper?

Er hatte sie festgehalten. Ein Reißverschluss? War das möglich? Hatte sie einen Reißverschluss gespürt? In ihrem Rücken?

Also ein Anorak, ein Parka, eine Windjacke? Sprach das für Mann oder Frau?

Nicht eindeutig.

Er oder sie?

Sie schnupperte. Irgendwo war ein Fenster aufgegangen, und der Wind trug den Duft von gebratenem Speck zu ihr.

Hatte sie etwas gerochen?

Sie erinnerte sich an den Geruch des Grases.

Ihr Gegner?

Zigarettenrauch!

Ja! Einwandfrei. Ihr Angreifer war Raucher. Oder er lebte mit einem Raucher zusammen in einer Wohnung.

Sie musste grinsen. Na, das engte den Täterkreis enorm ein. Erneut versuchte sie, sich zu konzentrieren.

Was hatte sie gehört?

Schritte. Von Stiefeln oder Turnschuhen? Wie hörten sich Pumps auf Kies an? Schwere Schritte auf jeden Fall, oder?

Es gab offensichtlich keinen stichhaltigen Beweis.

Sie schaute an sich herunter. Es existierte noch nicht einmal irgendetwas, das bewies, dass sie sich die ganze Geschichte nicht vollständig ausgedacht hatte.

Um sich wichtigzumachen.

Um Mitleid zu wecken.

Um davon abzulenken, dass sie die Kronenbaum umgebracht hatte.

Erfand sie deshalb den geheimnisvollen Unbekannten?

Nein, natürlich nicht.

Wieso sollte sie?

Ob Elena ihr glaubte? Oder zweifelte sie ebenfalls? Hielt sie es vielleicht für möglich, dass Larissa gemordet hatte?

Weswegen?

Um an das Geld zu kommen.

Hatte Elena sie deswegen heute Morgen zum Duschen geschickt? Damit sie ihr Zimmer durchsuchen konnte?

‚Hör auf, Larissa', schalt sie sich. ‚Elena ist deine Freundin, und du hast sie selbst angerufen.'

Elena konnte sie vertrauen.

Kostantin auch.

Blieb nur dieser Tom.

Wenn er sie nicht abgepasst hatte, wer dann?

Hatte Elena recht mit ihrer Vermutung? Quatsch. Warum sollte der Mörder von Charlotte Kronenbaum sie angreifen?

Simona Lubert? Brachte man jemanden um, weil der nicht mit einem auftreten wollte? Brauchte die Lubert Geld? So ein Engagement in Berlin wurde bestimmt gut bezahlt. Da waren 3000 Euro Peanuts.

Das ergab alles keinen Sinn.

Sie schlich lautlos die Treppe hinauf, in die Wohnung. Unbemerkt gelangte sie in ihr Zimmer.

Dass Tom unschuldig war, wusste sie.

Sie wusste außerdem, dass das Geld verschwunden war.

Moment! Sie hatte gesehen, dass Tom um 17.25 Uhr das Haus betreten wollte. Ob er tatsächlich zum ersten Mal kam oder ein zweites Mal wie sie selbst, stand auf einem ganz anderen Blatt.

Ein Kribbeln raste ihre Wirbelsäule hinunter.

Dass sie nicht eher auf diese Idee gekommen war.

Sie nahm den Zettel in die Hand, auf dem Elena gestern die Zeiten notiert hatte, zu denen Tom gepostet hatte.

Energisch knüllte sie ihn zusammen.

Das war kein Beweis für gar nichts.

Irgendjemand konnte in seinem Namen posten, genauso wie Elena gestern Abend über ihren Account in ihrem Namen mit Tom gechattet hatte.

Larissa lehnte sich zurück.

Wie konnte sie das überprüfen?

Plötzlich fiel ihr etwas ein.

Sie schlich in die Küche und packte Saba in den Transportkorb. Nachdem sie ihrem Vater einen Zettel auf den Tisch gelegt hatte, verließ sie die Wohnung.

26

Mittwoch

Erst als sie vor dem ihr eigentlich so vertrauten Haus in der Bahnhofstraße stand, begann sie zu zweifeln.

Hatte sie das Recht dazu, hier herumzuschnüffeln?

Selbstverständlich.

Wenn die Polizei zu dämlich war, den wahren Täter zu überführen, musste sie eben nachhelfen.

Etwas anderes machten auch Elena und Konsti nicht. Sie sah sich um. Ein älteres Ehepaar befand sich vor dem Optiker und schaute sich die Auslage an. Gegenüber steckte ein Mann in Sportkleidung Geld in die Parkuhr. Ansonsten war die Straße verlassen.

Ah, scheinbar hatte die Ampel umgeschaltet. Jetzt bogen mehrere Autos um die Ecke. Schnell betrat Larissa das Haus. Hier wollte sie auf keinen Fall gesehen werden. Die Täter kehren immer zum Tatort zurück, dass wusste jeder aus den Fernsehkrimis. Wie konnte sie der Polizei erklären, warum sie hier war?

Sollte sie den Fahrstuhl benutzen?

Lieber nicht. Darin saß sie in der Falle.

Obwohl der Korb mit Saba darin immer schwerer wurde, stieg sie die Treppen zügig hinauf.

Trotzdem musste sie auf dem zweiten Absatz verschnaufen. Hinter einer der Türen dudelte ein Radio, und irgendwo weinte ein Säugling.

Als sie Schritte unten im Haus hörte, erschauderte sie. Wie war das? Der Täter kehrt zum Tatort zurück?

Aber nicht ausgerechnet jetzt, in diesem Moment, oder?

Larissa riss den Korb so ruckartig hoch, dass Saba fauchte.

„Schon gut, meine Liebe, alles im Lot."

Der Fahrstuhl rappelte an ihr vorbei, als sie gerade bei Familie Wels klingeln wollte. Sie atmete tief durch und drückte entschlossen auf den Klingelknopf.

Sie hörte Schritte, die sich von drinnen der Tür näherten, und fragte sich, wer ihr wohl öffnen würde. Mutter oder Sohn?

Die Schritte waren zum Stillstand gekommen. Stattdessen sah sie ein riesig wirkendes Auge hinter dem Spion. Die Tür ruckte einen Spalt auf, gehalten von einer Kette.

„Ja!"

Larissa hob den Katzenkorb ein wenig hoch und lächelte so verbindlich wie sie konnte. „Guten Tag, ich dachte, ich komme mal mit Saba vorbei. Sie und Ming kennen sich. Vielleicht hilft das, Ming zu beruhigen. Führt sie sich noch immer so auf?"

„Hm." Die Tür fiel ins Schloss, wurde aber gleich darauf wieder geöffnet. Frau Wels schien zwar nicht glücklich zu sein, sie zu sehen, doch sie bat sie herein.

„Das Katzenviech benimmt sich, als wäre der Leibhaftige hinter ihr her. Kommen Sie herein, Kindchen."

Larissa lächelte weiter. „Ihr Sohn ist nicht da?"

„Nee, ist zur Arbeit. Ich bereite gerade das Mittagessen vor."

„Kommt er mittags zum Essen?"

„Wenn er es einrichten kann, ja."

Larissa wagte nicht zu fragen, ob er es heute wohl einrichten würde. Egal, eine halbe Stunde, höchstens eine ganze gab sie sich.

„Was soll es denn geben?"

„Ich reibe gerade Kartoffeln."

„Für Puffer?"

„Hm. Das Vieh ist im Wohnzimmer. Eingesperrt. Das hält man ja sonst nicht aus."

‚Wahrscheinlich hast du dir auch nicht sonderlich viel Mühe gegeben', dachte Larissa.

Sie ging den Flur hinunter.

„Sei vorsichtig, wenn du die Tür aufmachst, damit das Biest nicht wie besessen in der ganzen Wohnung herumwetzt."

„Okay." Behutsam schob Larissa die Zimmertür auf. Nichts geschah. Sie trat hinein und schloss die Tür sofort wieder hinter sich.

Es war halbdunkel in dem Raum, weil eine Gardine zugezogen war. Vermutlich damit Frau Wels tagsüber besser fernsehen konnte, solange die Sonne in die Fenster leuchtete.

Dem Fernseher gegenüber stand eine grüne Couchgarnitur. Auf einem der Sessel lag ein Handtuch. War das der Platz, auf den Ming sich legen sollte? Oder lag das Handtuch für den Sohn da? Setzte er sich mit Arbeitsklamotten hierher, aß und guckte dabei, was sich bei den Ludolfs so tat?

Möglich. Sie stellte den Katzenkorb ab und nahm Saba heraus. Zuerst wollte sie sich auf den Boden setzen, fand es dann aber unpassend und entschied sich für das Sofa.

Sobald sie Saba auf dem Schoß liegen hatte und sie streichelte, begann sie zu schnurren. Es dauerte einige Minuten, bis Ming unter dem Sofa hervorgekrochen kam, um nachzuschauen.

Zögernd sprang sie auf die Armlehne. Jetzt hatte auch Saba sie bemerkt, rekelte sich und stand auf. Die beiden Katzen beschnupperten sich. Larissa hoffte, dass sie sich wiedererkannten. Sie wollte auf gar keinen Fall, dass Saba verletzt wurde. Man wusste ja nie. Vielleicht verteidigte Ming ihr Reich gegen Eindringlinge.

Nein, das war unsinnig. Jedenfalls solange sie keine Jungen hatte.

War das eine mögliche Lösung?

Das hätte Frau Wels garantiert erzählt. Und wenn sie gar nichts davon wusste?

Larissa bewegte sich langsam, um die beiden Katzen nicht zu erschrecken. Sie schaute sich im ganzen Zimmer um, entdeckte aber nichts, was auf ein Lager für Katzenbabys hinwies.

Sie überprüfte sogar den Balkon. Unter einem Wäscheständer stand ein Kasten Bier. In einer Ecke wuchs eine riesige Tomatenpflanze, und in den Balkonkästen blühten so viele Geranien, dass es fast wie in einem Blumenladen roch. Nur die Bierflasche, die nahe der Wand in einem Kasten steckte, störte ein wenig. Zuerst dachte Larissa, dass es sich um eine Wespenfalle handelte, doch dann erkannte sie, dass es Zigarettenkippen waren, die in der Flüssigkeit herumschwammen.

Schnell schloss sie die Balkontür wieder.

Die beiden Katzen spielten miteinander. Deshalb beschloss sie, in die Küche zu Frau Wels zu gehen.

Schließlich war sie dazu gekommen. Um sich mit ihr zu unterhalten.

Sie klopfte an die Küchentür, bevor sie den Kopf durch den Spalt steckte. „Frau Wels?"

Sie stand an der Spüle und drückte die geriebenen Kartoffeln in einem Geschirrtuch aus. „Ja."

„Die beiden Katzen verstehen sich gut. Ich weiß wirklich nicht, was Ming so ... beunruhigt." Beinahe hätte sie ängstigt gesagt. Darüber musste sie später unbedingt noch einmal genauer nachdenken. Konnte es sein, dass Ming Angst hatte?

„Oh, gut. Weiß ja keiner, was mit ihr wird."

„Wieso?"

„Gibt wohl kein Testament."

Frau Wels schien das zu wundern, Larissa nicht. „Frau Kronenbaum hat bestimmt nicht damit gerechnet, dass sie so früh sterben muss."

„Kindchen, das verstehen Sie nicht. Gerade wenn man alleinstehend ist, muss man vorsorgen."

‚Okay', dachte Larissa. ‚So sind wir schon schön nah an dem Thema, über das ich gerne reden möchte.'

„Sind Sie eigentlich froh, dass sie tot ist?" Larissa erschrak, noch während sie das letzte Wort sagte. Frau Wels' Kopf war herumgeruckt. Sie starrte sie an. „Wie meinen Sie das?"

„Entschuldigung, entschuldigen Sie bitte, ich hab mich ungeschickt ausgedrückt. Ich meinte nur wegen der Klaviermusik. Jeden Tag Unterricht. Das konnten Sie doch hören, durch die Wand, oder?"

„Ach so, ja, stimmt. Hier in der Küche, im Bad und im Schlafzimmer, auf der anderen Seite der Wohnung nicht, im Wohnzimmer und im Kinderzimmer, äh, in Lothars Zimmer, meine ich."

„Und hat Sie das genervt?"

„Klaviermusik auf dem Klo? Nee."

„Und in der Küche."

„Da bin ich nur vormittags, ist also egal. Das hat uns übrigens die Polizei auch schon gefragt." Ihre Stimme klang ziemlich vorwurfsvoll.

Larissa grinste, beschloss aber, nicht auf den unverhohlenen Vorwurf einzugehen. „Ich kann die ganze Sache einfach nicht vergessen. Ständig wirbeln die Gedanken durch meinen Kopf. Verstehen Sie das?"

Frau Wels antwortete nicht, schaute sie nur fragend an.

„Ich denke dann, wenn Viktor pünktlich zu seiner Stunde gekommen wäre, vielleicht lebte sie jetzt noch."

„Du meinst diesen pummeligen, schwarzhaarigen Bengel? Kein Funken Talent, sage ich dir." Sie beugte sich zu Larissa hinüber und wisperte vertraulich: „Der hat beinahe jeden zweiten Termin geschwänzt, ist immer zu spät dran gewesen und denk mal gar nicht, dass der sich beeilt hätte. So langsam wie der ist nur noch dieser Behinderte die Treppen hochgekrochen."

„Behindert?", krächzte Larissa.

Frau Wels winkte ab. „Den kennst du nicht. Kommt dienstags als Letzter."

Innerlich triumphierte Larissa. Sie hatte recht gehabt. Die alte Schachtel spionierte ihnen allen hinterher. Jetzt musste sie nur noch herausfinden, ob Tom um 17.30 Uhr pünktlich zu seinem Unterricht erschienen war oder vorher schon einmal da gewesen war.

„Aber dieser Tom, der die Leiche gefunden hat, Sie wissen schon, der war zuverlässig, kam rechtzeitig und so?“

„Ein Neuer. Erst seit drei Monaten oder so. Nettes Bürschchen. Hat mir mal 'ne ganze Palette Geranien nach oben getragen.“

„Letzten Donnerstag, wann kam er da?“

Wieder verengten sich Frau Wels‘ Augen zu Schlitzen, als sie Larissa musterte. „Warum willst'n das wissen?“

Larissa errötete. Und nun? Warum denkst du die Sachen nicht vorher zu Ende? Frau Wels würde ihr die Antwort nicht erlassen. „Es ... na ja ... er, hm, meine Freundin Elena hat mir erzählt, dass er, na ja, in mich ..., ah, auf mich steht und deswegen eher gekommen ist, um mich spielen zu hören. Ja. Genau.“

Frau Wels schaute sie noch immer prüfend an, doch ihre Augen wirkten deutlich weniger streng. „Oder umgekehrt, nicht wahr?“

Larissa verstand nicht, was sie sagen wollte, aber die Frau sprach bereits weiter. „Am Donnerstag nicht. Nachdem Frau Lubert die Wohnung verlassen hatte, bist du gegangen. Da war die kleine Evi vom Doktor Schneider schon da. Die hat ein bisschen länger gespielt, so zehn Minuten, und danach war Ruhe.“ Sie bewegte sich auf Larissa zu. „So, mein Kindchen, genug gefragt für heute. Pack deine Katze ein und geh. Lothar wird jeden Augenblick zurückkommen.“

Larissa war ein dicker Stein vom Herzen gefallen, dass Frau Wels ganz offensichtlich nicht mitbekommen hatte, dass sie noch einmal in der Wohnung gewesen war, obwohl sie Hals über Kopf davongestürzt war. Andererseits ärgerte sie sich, dass nicht bewiesen war, dass Tom ebenfalls zweimal aufgetaucht war.

Gemeinsam gingen sie auf den Flur. Frau Wels sagte: „Ich warte hier, bis du deine Katze geholt hast."

Larissa lockte Saba in den Korb, streichelte auch Ming noch einmal und verließ das Zimmer und die Wohnung. Die Frau hielt ihr bereits die Tür auf und schloss sie hinter ihr sofort und grußlos wieder ab.

Während Larissa die Treppen hinunterstieg, überlegte sie, an welchem Punkt ihres Gesprächs Frau Wels aufgehört hatte, sie zu siezen.

Als sie in die Küche kam?

Nein, nicht gleich.

Als sie von der Polizei gesprochen hatte. Genau.

Da war sie ziemlich sauer gewesen.

‚Und du hast dich oberdämlich ausgedrückt, meine Liebe', sagte sie zu sich selbst.

27

Mittwoch

Larissa war es gelungen, Saba unbemerkt nach Hause zu bringen. Ihr Vater tauchte erst in der Küche auf, als sie bereits alles wieder weggeräumt hatte und die Katze genüsslich an ihrem Futter schlabberte.

Sie hatten sogar noch gemütlich eine Tasse Kaffee zusammen getrunken, bevor Larissa los musste, wenn sie um 11 Uhr in der Stadtbibliothek sein wollte.

Nun wartete sie schon zwanzig Minuten. Weder Elena noch Konsti ließen sich blicken. Regelmäßig kontrollierte sie ihr Handy. Kein Anruf. Keine SMS.

Obwohl sie langsam unruhig wurde, las sie weiter in dem Fantasy-Schmöker, den sie willkürlich aus dem Regal gezogen hatte, weil sie den Namen Ulrike Schweikert schon einmal irgendwo gehört oder gelesen hatte. Dieses Buch hier schien eher etwas für Jüngere zu sein. Gerade wollte sie aufstehen und es zurücklegen, als sie einen Jungen entdeckte, der direkt auf sie zuhielt.

Tom.

Was wollte der hier? Verwirrt sah sie sich um. Wo konnte sie sich verstecken? Ihr Puls raste. Wie hatte der sie überhaupt gefunden?

Sie wich zurück, bis sie mit dem Rücken gegen ein Regal stieß. ‚Hau ab!', dachte sie. ‚Verpiss dich. Zieh Leine. Mach die Mücke.'

Leider tat er ihr den Gefallen nicht. Ob es half, wenn sie die Augen schloss? Löste er sich dann in Luft auf?

Scheiße, hatte sie plötzlich Angst.

Sie ballte die Fäuste. Nicht unterkriegen lassen. Hier waren genug andere Leute. Hier konnte ihr nichts passieren. Sie riss die Augen auf, um ihn zu fixieren. Er hatte ein blaues Auge, und ein Kratzer verlief quer über sein Kinn. Sie konnte sich zwar nicht erinnern, ihren Angreifer gekratzt zu haben, aber ausgeschlossen war es nicht. Er sollte nur kommen. Sie verpasste ihm gern noch einen. Sie ballte die Fäuste. Da ging die Eingangstür erneut auf und Elena stürzte hinter Konsti in das Gebäude.

Konsti packte Tom an der Schulter und zog ihn zurück. „Du solltest auf uns warten, Spacko!", brüllte er ihn an.

Sofort drehten sich etliche Köpfe zu ihnen.

Elena ging nahe an den beiden vorbei. „Wartet besser draußen auf uns."

Larissa beobachtete sie aufmerksam. „Was will der hier?", fragte sie, wobei ihre Stimme beinahe versagte.

„Erkläre ich dir draußen. Die gucken bereits."

„Nein, erklärst du mir erst. Ich will mit dem nichts zu tun haben. Der hat mich angegriffen. Schon vergessen?"

„Hat er nicht, das haben wir gestern Abend herausgefunden."

„Das glaubst du?"

„Ja, wieso? Du nicht?"

Larissa sah die Freundin überrascht an. „Jeder kann unter seinem Namen posten. Das ist gar kein Beweis."

„Stimmt, deswegen haben wir ihn in die Mangel genommen. Er war's nicht. Glaub mir."

„Wie in die Mangel genommen?"

„Während ich bei Frau Lubert war, hat Konstantin sich Tom vorgeknöpft."

„Hast du das Veilchen gesehen?"

„Ja, und den Kratzer auch. Lissy, er war's trotzdem nicht."

„Woher hat er die Verletzungen? Weil ich mich gewehrt habe, sieht der so aus. Das ist doch wohl klar."

„Nein, du irrst dich. Komm mit. Dann klärt sich das."

„Woher, Elena?"

„Das blaue Auge?" Elena druckste herum, dann schüttelte sie den Kopf. „Das soll er dir selber sagen, wenn er will." Damit drehte sie sich um und verließ die Bibliothek.

Was war das denn? Larissa musste ihr wohl oder übel folgen. Wenn er will? War Elena jetzt völlig durchgeknallt?

„Da bist du ja. Komm, lass uns nebenan eine Cola trinken."

Larissa schüttelte den Kopf. „Mit dem da gehe ich nirgendwohin."

Tom wandte sich an Konstantin. „Ich hab's dir gesagt. Sie lässt nicht mit sich reden."

„Ganz ruhig bleiben, alle beide", sagte Konsti. „Lissy, es gibt zwei Menschen, die bezeugen können, dass Tom gestern Nachmittag, Abend und Nacht in seinem Zimmer gesessen und gespielt hat."

„Mami und Papi, oder was?", ätzte sie.

Tom wandte sich ab.

Konstantin räusperte sich. „So ungefähr, ja."

Larissa erkannte an seiner Stimme, dass sie gerade etwas sehr Dummes gesagt haben musste. Leider hatte sie keine Ahnung, was das sein konnte. „Was glotzt ihr so?"

Tom war rot angelaufen, und seine Knöchel wurden ganz weiß, so fest ballte er die Fäuste.

Vorsichtshalber trat sie einen Schritt zurück.

Elena, die hinter ihr stand, flüsterte: „Volltreffer, versenkt." Laut setzte sie hinzu: „So, das reicht. Ab sofort benehmen wir uns wie zivilisierte Menschen. Konsti, du organisierst einen Tisch in einer Ecke, in der wir in Ruhe reden können. Du regst dich wieder ab", sagte sie zu Tom. „Und wir beide gehen einmal um den Block. Okay?"

Da Tom stumm nickte und Konstantin bereits in das Café verschwunden war, blieb ihr nichts anderes übrig, als Elena zu folgen.

„Was soll das? Ich dachte, du bist meine Freundin."

„Bin ich, bin ich, genau aus dem Grund wandern wir beide jetzt allein ums Karree."

„Verstehe ich nicht!"

„Wirst du gleich, versprochen."

Nachdem sie auf dem Pferdemarkt angekommen waren, blieb Larissa stehen. „Nun verkünde deine Weisheit."

Elena blies geräuschlos die Luft aus. „Also gut. Anscheinend waren die Polizisten gestern bei Tom zu Hause, bevor sie dich noch einmal sprechen wollten. Das Problem bestand nun darin, dass Tom seinen Eltern alles verheimlicht hatte."

„Er hatte ihnen nichts von dem Mord erzählt? Kaum zu glauben."

„Na ja, nicht zu Unrecht, wie sich herausstellte. Aber du hast mich nicht richtig verstanden. Sie wussten überhaupt nicht, dass er überhaupt Klavierunterricht nahm."

„Wieso das denn?" Larissa sah sie überrascht an.

„Sein Vater hält das für weibisch und für Geldverschwendung. Er hätte es nie erlaubt."

„Kann ich mir nicht vorstellen. So bescheuert ist doch keiner." „Herr Seeliger schon, wie's scheint."

„Die Kronenbaum ist teuer. Wie hat er den Unterricht bezahlt, wenn seine Eltern nichts wussten?"

Elena seufzte. „Mensch, Lissy, das Veilchen hat er von seinem Vater. Der hat ihn verprügelt und in sein Zimmer gesperrt, nachdem die Polizisten wieder weg waren."

„Weil er heimlich Klavierspielen gelernt hat?"

„Tom musste nach der Zehnten von der Schule abgehen, weil sein Vater darauf bestanden hat, dass er 'ne Ausbildung macht. Er lernt Koch. Seinem Vater hat er verschwiegen, dass er Überstunden extra ausgezahlt bekommt, bar auf Tatze. Damit hat er die Stunden finanziert. Sein Vater hat ihm gedroht, dass er ihm die Finger bricht, wenn er ihn noch einmal beim Klimpern erwischt."

Larissa konnte nicht glauben, was sie da hörte. „Der nimmt uns auf die Schippe, oder? So was gibt's doch nicht wirklich, nur im Reality TV."

„Lissy, du weißt genau, dass das nicht ausgedacht ist. Was meinst du, warum Tom so erpicht darauf war, dass du für ihn aussagst?"

Larissa biss sich auf die Lippen. „Mensch, das hätte er mir sagen können."

„Na klar, du wärst natürlich auf ein wildfremdes Mädchen zugegangen und hättest gesagt, hi, ich bin Tom, wenn mein Vater nicht sitzt, schlägt er mich und meine Mutter, sagst du bitte bei der Polizei für mich aus?"

„Ja, so ungefähr."

Elena war stehen geblieben, stemmte beide Fäuste in die Hüften. „Du hast deiner besten Freundin nicht mal erzählt, dass dein Vater sich arbeitslos melden musste, und von Tom erwartest du, dass er herumposaunt, dass er Prügel bezieht und eingesperrt wird?"

„Das ist etwas anderes."

„Soso."

28

Mittwoch

Larissa entdeckte die beiden Jungs in ihrer Nische sofort, als sie das Café betraten. Sie setzte sich neben Tom und wagte nicht, ihn offen anzusehen, sah aber deutlich, dass seine Hände zitterten.

„Tut mir leid", flüsterte sie. „Ich gehe gleich anschließend zu Frau Sarkos und sage, dass Frau Kronenbaum bereits tot war, als du das Haus betreten hast." Sie schluckte. „Sie hat sowieso meine Stimme auf Band, weil ich dumme Kuh den Notarzt gerufen habe, bevor ich weggelaufen bin."

Tom nickte mehrmals hintereinander. Dann wisperte er: „Danke."

Der Kellner servierte vier Cola mit Eis und Zitronenscheibe am Rand. Bis Konstantin bezahlt hatte, schwiegen alle.

Schließlich sagte er: „Und bei der Gelegenheit erstattest du gleich Anzeige gegen Unbekannt."

Larissa schüttelte den Kopf. „Glaubt mir sowieso niemand."

Elena fragte: „Was hat der Arzt gesagt? Hast du ein Attest über die Verletzungen?"

„Nein."

„Du warst gar nicht da, stimmt´s?"

„Nein, ... meinem ... ich ... nein, verdammt, wozu? Es gibt nicht einen einzigen Beweis. Wenn ich für Tom aussage, bin ich die nächste Verdächtige, und dann komme ausgerechnet ich mit dem geheimnisvollen Unbekannten, der mich nachts überfällt. Mann, seht ihr denn nicht, dass ich ein Motiv so groß wie der Mount Everest hatte? Dreitausendsechshundert Ocken, ein Griff und der Schatz gehört mir. Genug Taschengeld für drei Jahre."

„Es existieren genug Beweise", sagte Konstantin bestimmt.

„Abgeschürfte Knie und Handflächen?"

„Unter anderem. Ich habe heute Morgen die Aldi-Tüte gefunden. Sie hatte sich in einem Busch ein Stückchen abseits des Weges verfangen. Ich habe sie mit Erste-Hilfe-Handschuhen angefasst, zusammengelegt und in eine Tüte gesteckt. Diese Laborheinis werden sowohl Fingerabdrücke von deinem Angreifer als auch Genmaterial von dir in der Tüte feststellen können. Außerdem habe ich die Stelle gefunden, an der es passiert ist. Du hast den Boden ganz schön aufgewühlt. Ich habe alles fotografiert. Da ist ein schöner Fußabdruck dabei, der definitiv nicht von dir stammt."

„Woher weißt du das?", fragten Elena und Larissa beinahe gleichzeitig.

„Die waren gefühlt doppelt so groß." Er schob ein dickes Kuvert über den Tisch. „Ich habe die Fotos für dich ausgedruckt und auf einen Stick kopiert. Ist alles da drin."

„Danke, ich weiß gar nicht, was ich sagen soll."

„Jetzt gar nichts. Bei der Polizei jedes Detail." Konstantin lehnte sich zurück und trank einen riesigen Schluck von seiner Cola.

„Soll ich dich zur Polizei begleiten?", fragte Elena.

„Ich weiß noch nicht." Larissa sah ihr in die Augen und fragte: „Was wird aus ihm? So etwas muss er sich nicht gefallen lassen. Er kann seinen Vater anzeigen."

Es fühlte sich unangenehm an, so über ihn zu sprechen, obwohl er direkt neben ihr saß, aber so direkt und persönlich ansprechen konnte sie ihn auch irgendwie nicht.

Trotzdem antwortete er ihr. „Das ... das habe ich schon getan, bevor wir hierher gezogen sind. Er hat seine Wut an meiner Mutter ausgelassen. Ich kann sie nicht allein lassen. Sie braucht mich."

„Sie hat sich den Mann ausgesucht, nicht du. Sie kann doch mit dir weggehen."

Er zuckte mit den Schultern. „Kann sie scheinbar nicht. Ein, zwei Tage nach so einem Vorfall will sie, aber später ist alles vergessen, er entschuldigt sich, verspricht ihr, dass er sich ändern wird, und sie glaubt ihm."

„Du kannst sie nicht beschützen, du gehst zur Arbeit, triffst dich mit Freunden."

Er schien sie nicht gehört zu haben. „Wir sind sogar extra seinetwegen umgezogen. Neues Umfeld, tut uns allen gut, hat er gesagt. Er hat sie blödgequatscht, bis sie nachgegeben hat. Sie hat nicht nur die Anzeige zurückgezogen, sondern auch noch ausgesagt, dass ich seit jeher zu Übertreibungen geneigt habe. Schon am nächsten Tag brachte das Jugendamt mich zurück nach Hause. Was soll's? Irgendwann geht er zu weit, dann schlage ich ihn zusammen, bis er sich nicht mehr rührt." Seine Stimme klang gepresst, doch Larissa erkannte, dass er abgrundtief traurig war. Zu gerne hätte sie ihm eine Hand auf die Schulter gelegt oder ihn sogar in den Arm genommen, traute sich aber nicht.

Außerdem war er immer noch Tom. Sie lehnte sich in ihrem Stuhl zurück. Machte seine Situation ihn verdächtiger oder entlastete sie ihn? Er kannte Gewalt von zu Hause. Ohne mit der Wimper zu zucken, hatte er ihr eine geknallt.

Also neigte er wohl ebenfalls dazu, seine Konflikte mit Gewalt auszutragen. Hatte er einen mit der Kronenbaum?

Oder brauchte er das Geld? Um abzuhauen?

Um seine nächsten Klavierstunden zu bezahlen?

Larissa bekam eine Gänsehaut, als sie daran dachte, wie verlockend die Kuverts für ihn gewesen sein mussten.

Dann stutzte sie. Moment mal. Sie selbst hatte auch gewusst, dass sich Bargeld darin befand, hatte aber nie länger darüber nachgedacht, auch nicht, wenn die Kronenbaum das Musikzimmer mal verlassen hatte.

Erst als die Fünfzigeuroscheine aus dem Portemonnaie blitzten, hatte sie zugegriffen.

Sie sollte beim Kochlöffel vorbeigehen und nachschauen, ob das Geld noch da war. Vielleicht ging Frau Sarkos etwas gnädiger mit ihr um, wenn sie den Schein zurückgab.

Plötzlich merkte sie, dass sie gar nicht zugehört hatte, worüber die anderen sprachen. Im Moment sagte Konstantin etwas zu Tom.

„Erst einmal kommst du mit zu mir. Dann sehen wir weiter.“ Konstantins Stimme klang wie immer, doch

Larissa kannte ihn gut genug, um zu wissen, dass er wütend war. Auf Tom? Oder auf dessen Vater?

Tom reagierte jedenfalls nicht, schaute nur bedröppelt auf die Tischplatte.

Auch Elena sagte nichts, sie saugte ziemlich geräuschvoll den letzten Schluck aus dem Colaglas. Völlig untypisch.

Je länger sie schweigend zusammensaßen, umso unruhiger wurde Larissa. Sie wollte nach ihrem Vater sehen, gleichzeitig befürchtete sie, dass sie ihm bei dieser Gelegenheit brühwarm alles erzählen würde. Nein, er durfte sich keinesfalls aufregen.

Trotzdem.

Sie zappelte mit den Beinen, rutschte unruhig auf ihrem Sitz herum. Am liebsten wäre sie aufgesprungen und quer durch die Stadt gerannt.

Vom Nachbartisch waberte der Duft nach überbackenem Käse zu ihr herüber. Eigentlich liebte sie den, doch momentan verspürte sie nicht den geringsten Hunger.

‚Konzentrier dich, Larissa', sagte sie zu sich selbst. ‚Du musst die ganze Geschichte jetzt aus der Welt schaffen. Endgültig.'

In Gedanken ging sie die Sätze durch, die sie bei der Polizei sagen wollte. Sie sah den inquisitorischen Blick von Kommissarin Sarkos vor sich und begann inwendig zu stottern.

Hoffentlich konnte sie mit ihr allein reden, ohne diesen widerlichen Hauptkommissar. Sollte er dabei sein, bekäme sie kein Wort heraus. Wozu auch? Er würde ihr sowieso nicht glauben.

Plötzlich fiel ihr etwas ein. Sie sprach so laut, dass die anderen zusammenzuckten: „Sagt mal, was habt ihr bei der Lubert herausgefunden?"

Elena schreckte auf. „Ach ja, da haben wir noch gar nicht drüber gesprochen."

Auch Konstantin beugte sich jetzt interessiert nach vorn. Er sah sich prüfend um, bevor er fragte: „Verdächtig?"

Elena schürzte die Lippen. „Ja, ich denke schon."

Larissa merkte erst nach einigen weiteren Sätzen, dass sie mit offenem Mund dasaß.

„Erzähl!", befahl Konstantin.

Elena setzte sich aufrechter hin und zeigte mit einer kurzen Handbewegung an, dass die anderen näher kommen sollten.

„Sie wohnt in der Einliegerwohnung in einem stinknormalen Einfamilienhaus in Diekholzen. Ich habe nur die Küche und ihr Wohn-Arbeitszimmer gesehen. Mehr Technik als Möbel. Alles voller Lautsprecher, Mischpulte, Scheinwerfer und Kabel. Dazwischen Stapel von Noten, CDs und sogar echte Schallplatten. Es gab auch kein Sofa oder einen Tisch mit Stühlen darum herum. Wir saßen auf seltsamen Barhockern, vor denen Mikrofone standen." Elena lachte. „Hoffentlich hat sie nicht jedes Wort aufgezeichnet, das wir gesagt haben."

„Schneller."

Larissa schaute Konstantin verblüfft an. Doch Elena schien es ihm nicht übel zu nehmen. „Okay, du hast recht, für das Setting ist später noch Zeit. Also, sie hat zugegeben, nein, das ist das falsche Wort, sie hat erzählt, dass sie ihren Flug nach Berlin verpasst hat. Angeblich ließ sie das Taxi von der Autobahn wieder abfahren, weil sie der Streit mit Charlotte Kronenbaum so traurig gemacht hatte. Ihr glaubt gar nicht, was für eine Show sie in diesem Zusammenhang abgezogen hat. Ihre Künstlerseele litt unter der Auseinandersetzung. Ihr psychisches Gleichgewicht hatte sich so weit verschoben, dass sie nicht in der Lage gewesen wäre, ein eingestrichenes von einem zweigestrichenen C zu unterscheiden. Wörtlich hat sie gesagt: ‚Meine Aura waberte bräunlich grün, dabei muss sie golden strahlen, sonst kann ich nicht auftreten.' Stellt euch das mal vor, singt in zweit- oder sogar drittklassigen Kneipen und gibt die Diva."

Larissa konnte sich exakt vorstellen, wie Simona sich gegeben hatte. Tatsächlich ließ sie manchmal die hypersensible Künstlerin raushängen, aber eben nur manchmal. Sie glaubte wahrscheinlich, dass sie so besser rüberkam, wenn die Presse in der Nähe war. Und immerhin war auch eine Schülerzeitung irgendwie die Presse.

„Elena, du schweifst ab. Den Artikel kannst du später konzipieren."

„'Tschuldigung, also, sie hat den Flug verpasst, weil sie zurückgefahren ist, um sich mit ihrer ältesten Freundin und vor allem Mentorin zu versöhnen."

Konstantin sah aufgeregt aus. „Wie lange dauerte das? Wann kam sie an? Wann ist sie wieder abgefahren?"

„Nun, sie sagt, dass sie den Zug um 16.35 Uhr erreicht hat."

Tom und Konstantin bearbeiteten gleichzeitig ihre Smartphones.

„Stimmt, den Zug gibt es tatsächlich", stellten beide kurz nacheinander fest.

„Wenn wir davon ausgehen, dass sie die Wohnung erst erreicht hat, nachdem Larissa sie zum ersten Mal verlassen hat, dann ...", überlegte Konstantin.

Larissa nickte zustimmend. „Mir ist sie nicht noch einmal begegnet."

„Dachte ich mir. Das bedeutet demnach, dass sie nach 16.00 Uhr zurückgekommen ist. Würde auch zum Taxi-Autobahn-Szenario passen. Vom Haus zum Bahnhof braucht sie höchstens fünf oder sechs Minuten. Das heißt, die beiden hatten eine knappe halbe Stunde, um sich auszusprechen."

„Aber in diesem Zeitraum hatte Evi Schneider Unterricht, und da sie immer mit ihrer Mutter kommt, wird Frau Kronenbaum sich kaum auf ein ausführliches Gespräch mit ihrer Partnerin eingelassen haben", warf Larissa ein.

„Du kennst das Mädchen, das nach dir geübt hat?", fragte Konstantin.

„Klar, ich habe mich auch ein paar Mal mit der Mutter unterhalten. Sie hat meistens in der Küche gewartet, und ich habe Ming gelegentlich noch ein wenig gestreichelt, bevor ich gegangen bin."

Elena zappelte auf ihrem Stuhl herum. „Kennst du auch die Adresse der beiden?"

„Nein, aber da sie erzählt hat, dass sie in Neuhof wohnen und mit Nachnamen Schneider heißen, sollten sie sich googeln lassen. Warum?"

„Na, das versteht sich doch von selbst. Wenn die Lubert die Wahrheit gesagt hat, müssen Mutter und Tochter sie gesehen haben. Vielleicht können sie uns sogar sagen, wann genau sie gegangen ist."

Konstantin ergänzte: „Und vor allem ob sie sich friedlich getrennt haben."

Tom winkte ab. „Das ist letztlich egal. Wenn sie die Wohnung tatsächlich vor Evi und ihrer Mutter verlassen hat und Charlotte Kronenbaum da noch lebte, wovon wir ja wohl ausgehen können, war sie nicht die Täterin."

„Und die Mutter kommt vermutlich auch nicht infrage." Konstantin klang ziemlich enttäuscht.

Doch Larissa wollte so schnell nicht aufgeben. „Was ist mit diesem Viktor, der angeblich", sie malte mit beiden Händen Gänsefüßchen in die Luft, „nicht zum Unterricht erschienen ist?"

„Den wird die Polizei überprüft haben, genau wie dich und Tom."

„Vielleicht", Larissa musste sich räuspern, bevor sie weitersprechen konnte, „vielleicht hat er genauso wenig die Wahrheit gesagt wie ich." ‚Und Tom', fügte sie in Gedanken hinzu.

Was, wenn sie es mit zwei Tätern zu tun hatten? Einem Mörder und einem Dieb? Dann lagen die Motive völlig anders, oder? Ihr schwirrte der Kopf.

„Weißt du auch, wie dieser Viktor mit Nachnamen heißt?", fragte Elena.

„Hagen, der geht bei uns an der WGO in die Zwölfte, will Musik studieren und bereitet sich auf die Aufnahmeprüfungen vor."

„Und dann schwänzt er?"

„Abistress", sagte Larissa schulterzuckend.

„Konsti, du wolltest diesen Viktor doch schon immer mal nach den Aufnahmebedingungen an so einem Konservatoriumsdings befragen, oder?"

Konstantin sah auf die Uhr. „Der Nachmittagsunterricht beginnt erst in einer Dreiviertelstunde. Das könnte ich noch schaffen. Kommst du mit, Tom?"

Der schüttelte den Kopf. „Ich muss heute um 16 Uhr anfangen, Salate schnippeln und Kartoffeln schälen, morgen hab ich die Frühschicht und fange um 10.30 Uhr an. Tut mir leid. Unregelmäßigere Arbeitszeiten gibt es wohl kaum."

Konstantin stand auf, küsste Elena und verschwand.

Wieder sagte längere Zeit niemand etwas.

Schließlich forderte Larissa: „Lasst uns gehen. Der Kellner guckt schon komisch."

29

Mittwoch

Larissa bewunderte Elenas Ausdauer. Geduldig wartete sie. In ihrer Nähe, aber auch nicht zu nah. Die beiden Mädchen standen vor der Polizeidienststelle an der Alfelder Straße. Larissa konnte sich nicht dazu aufraffen, das Gebäude zu betreten, jetzt noch nicht.

Sie war so dankbar, dass Elena sie nicht drängte.

Sie brauchte noch Zeit.

„Vielleicht reicht es, wenn ich sie anrufe."

Elena schüttelte stumm den Kopf. ‚Vielleicht hat Frau Sarkos heute gar keinen Dienst', dachte sie voller Hoffnung. Elena schüttelte schon wieder den Kopf. Konnte sie hellsehen?

Plötzlich ging die Tür auf und Frau Sarkos kam auf sie zu. „Kann ich euch irgendwie helfen?"

Diesmal schüttelte Larissa heftig den Kopf. Doch Elena sagte laut und deutlich: „Ja, Frau Kommissarin Sarkos, wir wollten zu Ihnen." Mit diesen Worten schob sie Larissa auf die Tür zu.

Eine gute Stunde später war Larissa in Schweiß gebadet. Frau Sarkos sah auch mitgenommen aus. Sie hatte jede Menge notiert und klappte nun ihre Kladde zu. „Ich verstehe nicht, warum du mir das nicht viel eher erzählt hast."

„Ich auch nicht", nuschelte Larissa. Sie sah Frau Sarkos in die Augen. „Heißt das, Sie glauben mir?"

Die Kommissarin seufzte. „Was du erzählt hast, deckt sich im Großen und Ganzen mit unseren Ermittlungsergebnissen. Viel mehr kann ich euch dazu natürlich nicht sagen. Aber ..." Sie schob die Ausdrucke der Fotos hin und her, die Larissa auf ihrem Schreibtisch ausgebreitet hatte, „die Fußabdrücke, die Konstantin in der Grünanlage aufgenommen hat, passen zu unserem, hm, nennen wir es mal Täterprofil."

Elena hatte sie aufmerksam beobachtet und fragte nun: „Sie meinen, dass die Abdrücke so groß sind?"

„Genau, wir gehen davon aus, dass der Täter mindestens eins achtzig groß ist, eher noch größer."

„Damit wäre Frau Lubert aus dem Schneider, die ist höchstens eins fünfzig", überlegte Elena.

„Eins fünfundfünfzig, aber im Prinzip hast du recht", bestätigte die Kommissarin.

„Aber ... dann ... hätten Sie mich gar nicht verdächtigt, wenn ich ...?", fragte Larissa.

„Nein, wir gehen nicht davon aus, dass der Täter auf einen Hocker gestiegen ist, um ..., na, ihr wisst schon", erwiderte Frau Sarkos. Sie wirkte erschöpft.

Angriffslustig fragte Elena: „Wie groß ist Viktor Hagen?"

Die Kommissarin winkte ab. „Groß genug, genau wie Tom Seeliger oder etwa die Hälfte der männlichen Bevölkerung Hildesheims."

„Sie gehen demnach davon aus, dass der Mörder ein Mann ist?", fragte Larissa.

„Na ja, der Angriff auf dich scheint das zu bestätigen, oder?" Lydia Sarkos überlegte, dann sagte sie: „Vielleicht sollten wir an dieser Stelle noch einmal ansetzen."

Sie klappte das Notizbuch wieder auf. „Wer könnte dich warum überfallen haben?“ Sie seufzte. „Immer vorausgesetzt, der Überfall auf dich steht tatsächlich mit dem Mord im Zusammenhang, was erst noch bewiesen werden müsste. Doch gehen wir für den Moment einfach davon aus, dass dem so ist. Was fällt dir dazu ein?“

Larissa setzte sich aufrechter hin, so als sollte sie geprüft werden. „Auf jeden Fall war der Angreifer deutlich größer als ich.“ Sie zögerte. „Und er war ungeübt, ja, das trifft es. Versteht ihr, was ich meine? Er hat sich von hinten angeschlichen, hat mir die Tüte über den Kopf gezogen, aber dann passierte nichts. Erst als ich mich gewehrt habe, hat er versucht, mich umzuwerfen. Irgendwie halbherzig.“ Larissa musste blinzeln, um die Tränen aus den Augen zu bekommen, die unwillkürlich aufstiegen, wenn sie an den Überfall dachte.

„Ungeübt, hm, du meinst, er hat sich einen Plan zurechtgelegt, ihn umgesetzt und sich vorher nicht überlegt, wie er es zu Ende bringen soll?“, fragte die Kommissarin vorsichtig.

Zu Ende bringen, fand Larissa, war nicht der Ausdruck, den sie dafür verwendet hätte, aber die Aussage traf den Kern der Sache ziemlich gut. Sie nickte bestätigend.

Elena mischte sich ein. „Ich finde trotzdem nach wie vor, dass man nicht ausschließen kann, dass es sich um eine Mörderin handelt.“

Erstaunt erkundigte Frau Sarkos sich: „Wie kommst du denn auf diese Idee?“

„Kann ich nicht rational begründen. Mein Bauchgefühl sagt mir, dass dieser ganzen Geschichte etwas

Verzweifeltes anhaftet, etwas Spontanes." Sie zog eine Grimasse. „Sorry, ich arbeite ja nicht bei der Polizei."

„Interessant", sagte Frau Sarkos. „Kannst du die Punkte nennen, an denen du das festmachst?"

Elena lehnte sich zurück. „Schaun mer mal." Sie zählte es an den Fingern ab. Daumen. „In der Küche von hinten erschlagen. Vermutlich mit einem Gegenstand aus der Wohnung?"

Die Kommissarin nickte zustimmend.

Zeigefinger. „Zeitpunkt der Tat. Wenn es jemand tatsächlich auf das Geld abgesehen hatte, wäre es sinnvoller gewesen, nach dem Unterricht von Tom zurückzukommen, wenn Frau Kronenbaum sich allein in der Wohnung befindet."

„Vielleicht wusste der Täter, dass Viktor Hagen abgesagt hatte?", wandte die Kommissarin ein.

„Hat er abgesagt? Oder ist er einfach nicht erschienen?" fragte Elena, bevor sie den Mittelfinger in die Luft hielt. „Was, wenn das Geld nur eine Zugabe war? Mord aus Wut oder Angst oder Eifersucht oder was auch immer, und danach der Diebstahl, um es nach einem geplanten Einbruch aussehen zu lassen."

„Nachvollziehbarer Aspekt", gab Lydia Sarkos zu. „Und was schließt du daraus?"

Larissa mischte sich ein. „Ihre Handtasche stand am Tischbein in der Küche, als ich wegging. War das Portemonnaie daraus ebenfalls verschwunden?"

„Ja, komplett, mit Kreditkarte, Ausweis und Führerschein. Hast du eine Vorstellung davon, wie viel Geld sich darin befand?"

„Dreihundert, vierhundert Euro bestimmt."

„Und da hast du nur einen Fünfziger genommen?", fragte Elena. „Ich bin so stolz auf dich."

Larissa errötete. „Ich brauchte nur das Geld für die Tierärztin."

Kommissarin Sarkos holte für alle einen Kaffee und fragte dann: „Noch einmal zurück zu dem Angriff auf dich, Larissa. Ich muss dich etwas fragen, was uns vielleicht weiterbringt. Bist du bereit?"

„Okay."

„Geh bitte in Gedanken alle Schritte durch, die du seit Donnerstag unternommen hast. Achte dabei auf jeden einzelnen Menschen, mit dem du im Zusammenhang mit dem Mord Kontakt hattest. Gibt es da irgendjemanden, über den wir noch nicht gesprochen haben?"

Zuerst wollte Larissa entschieden den Kopf schütteln, doch dann fiel ihr eine weitere Person ein. „Der Elektriker."

„Wer?", fragten Elena und die Kommissarin.

„Lothar Wels, er wohnt gemeinsam mit seiner Mutter in der Wohnung neben der von Frau Kronenbaum."

„Ach so, ja, die beiden kümmern sich um die Katze. Einer unserer uniformierten Kollegen hat sie gleich nach der Entdeckung befragt, ob sie etwas Außergewöhnliches gehört haben und so. Das Übliche halt. Dem sind wir nach unserem letzten Gespräch hier in der Dienststelle nachgegangen. Du erinnerst dich, dass du uns auf die Katze hingewiesen hast?"

„Ja, klar. Ming ist eine wertvolle Rassekatze."

„Richtig, und dieser Kollege hat ebenfalls dafür gesorgt, dass Mutter und Sohn Wels sich vorläufig um die Katze kümmern, bis die Erbverhältnisse geklärt sind. Schade, dass die Katze nicht reden kann, sie hat den Mörder garantiert gesehen."

„Ja, sie reagiert noch völlig panisch, wenn sich in ihrer Umgebung etwas tut."

Die Kommissarin sah Larissa fragend an. „Woher weißt du das?"

Larissa duckte sich. „Ich, ich habe die Familie Wels noch einmal besucht. Zusammen mit Saba, meiner Katze, ich dachte, weil die sich doch kennen, vielleicht es Ming ..."

„Schon gut, ist ja kein Schaden entstanden. Die beiden gehören nicht zum Kreis unserer Verdächtigen. Sie haben die Wohnung erst nach dem Mord betreten."

Eigentlich wollte Larissa fragen, wer denn zum Verdächtigenkreis gehörte, doch als sie den letzten Satz von Frau Sarkos hörte, musste sie widersprechen. „Das stimmt nicht. Wenn er das behauptet, dann lügt er."

„Wie kommst du darauf?"

„Ich habe ihn gesehen. Er hat die Kronenbaumsche Wohnung verlassen, als ich gekommen bin. Sagte, er hätte da irgendetwas repariert."

„Als du gekommen bist? Das hat er nicht erwähnt. Gut, wir werden da erneut nachhaken. Aber letztlich lebte Frau Kronenbaum zu dem Zeitpunkt definitiv noch", sagte die Kommissarin und klappte ihr Notizbuch wieder zu.

„Ja, aber er hätte jederzeit in die Wohnung zurückkehren können", warf Larissa ein.

„Ich sag ja, wir fühlen ihm auf den Zahn, aber ...", sie schüttelte den Kopf, „ich fürchte, das bringt uns nicht voran."

30

Mittwoch

Larissa und Elena gingen langsam nebeneinander her. Bis zum Dammtor sprachen sie kein Wort. Schließlich drehte Larissa sich zur Seite und sagte: „Danke für alles."

„Dafür nicht."

Elena wirkte müde. „Geh nach Hause und ruh dich aus. Wir sehen uns morgen in der Schule. Mal hören, was Konsti über Viktor Hagen herausgefunden hat. Aber ich denke, wir können die ganze Angelegenheit beruhigt der Polizei überlassen."

Larissa war ganz und gar nicht dieser Meinung. Und all ihre Müdigkeit war auf einmal wie weggeblasen. Der Gedanke an Lothar Wels ließ sie nicht los, obwohl die Kommissarin mit ihrem Einwand natürlich recht hatte.

Elena nahm ihre Hand und drückte sie fest. „Geh nach Hause, Lissy, dein Vater wartet bestimmt schon. Und mir ist viel wohler, wenn du im Moment nicht so oft allein in der Stadt unterwegs bist, solange der Kerl nicht verhaftet wurde."

Larissa nickte. Sie umarmte ihre Freundin lange, bevor sie sich trennten. Elena nahm den Bus nach Ochtersum, Larissa ging langsam das Dammtor hinauf.

So langsam verspürte sie richtigen Hunger. Aus jedem zweiten Geschäft, an dem sie vorbeiging, roch es verführerisch nach etwas zu essen. Döner, Brötchen, Pizza, selbst aus dem Eiscafé duftete es nach frisch gebrühtem Kaffee.

Sie blieb stehen. Eine Kugel Eis achtzig Cent, dazu noch die Waffeltüte. Wenn sie gemütlich genug leckte und etwas schneller ging, reichte das Eis fast bis nach Hause. Sie entschied sich für eine Kugel Schokolade und bekam eine wirklich großzügige Portion. Sie bedankte sich höflich und eilte weiter, bevor noch jemand Eis kaufte und sie sich fragen musste, warum ausgerechnet sie so viel bekommen hatte.

Konsti hatte die Colas im Café bezahlt, mehr Mildtätigkeit an einem Tag konnte sie nicht ertragen.

Ihr Vater wartete bereits auf sie. Er saß in der Küche, Saba auf dem Schoß, und las Zeitung. Dabei streichelte er die Katze mit der linken, während er mit der rechten Hand umblätterte. Schon als sie die Wohnung betreten hatte, wusste sie, dass er heute Geschnetzeltes gekocht hatte.

„Hi, Paps, das riecht lecker. Hast du gegessen?"

„Nein, ich habe auf dich gewartet."

„Tut mir leid, dass es so spät geworden ist."

„Macht nichts, du siehst erleichtert aus."

Das konnte er sehen? Larissa lächelte. „Das bin ich auch. Alles ist gut."

„Freut mich. Ich habe ebenfalls eine überaus positive Nachricht für dich."

Larissa stellte gerade Teller auf den Tisch. Sie hielt in der Bewegung inne und sah ihn fragend an.

„Erzähle!"

„Der Kosmos-Verlag will mein Katzenbuch herausbringen."

„Welches Katzenbuch?"

Er seufzte theatralisch. „Hörst du mir eigentlich nie zu?" Dann lachte er. „Ich hab's vor ein paar Tagen erwähnt."

„Dass du alles aufschreiben willst, was du über Katzen weißt, ich erinnere mich sehr wohl."

„Franka, also ich meine, äh, unsere Tierärztin hat mein Manuskript an den Verlag geschickt, und die haben sich heute bei mir gemeldet. Ich bekomme sogar einen Vorschuss."

Larissa war um den Tisch herumgerannt und drückte ihren Vater so fest sie nur konnte. Egal wie klein dieser Vorschuss auch sein mochte, es war ein erster Schritt aus dieser verdammten Arbeitslosigkeit hinaus. „Klasse, gratuliere. Du bist der Beste. Das wusste ich schon immer."

Er lachte. „Sie wollen, dass ich auf Lesereise gehe, sobald das Buch erschienen ist. Stell dir vor, es gibt dreihundert bis fünfhundert Euro je Lesung, plus Spesen. Ist das nicht ganz und gar unglaublich?" Plötzlich lachte er noch ein weiteres Mal laut auf. „Natürlich muss ich das Manuskript erst einmal schreiben. Man soll das Fell des Bären nicht verteilen, bevor man ihn erlegt hat."

„Ach, Paps, du schaffst das. Da bin ich mir ganz sicher." Insgeheim fragte sie sich allerdings, wie er eine Lesereise durchstehen wollte. Sie hatte keine Ahnung vom Verlagswesen, aber wahrscheinlich dauerte es mindestens ein halbes Jahr, bis das Buch auf den Markt kam, nachdem er es geschrieben hatte. Und in zehn oder zwölf Monaten ging es ihrem Vater bestimmt bedeutend besser als heute.

Sie schaufelte Reis auf beide Teller, drückte eine Mulde hinein und löffelte bei ihrem Vater mehr Fleisch und bei sich mehr Soße hinein.

Während des ganzen Essens sprach ihr Vater über das geplante Buch, welche Fotos er auswählen wollte, wie er die Informationen strukturieren würde und dass er eine humorvolle Geschichte erzählen wollte. Er fragte sie, ob sie Korrektur lesen würde und ob sie sich für das Buch fotografieren lassen wollte.

Larissa hörte zu, schlug eigene Ideen vor und freute sich, dass ihr Vater so optimistisch wirkte.

Nach dem Mittagessen kehrte er ins Wohnzimmer zurück, um sich noch ein paar Notizen zu machen, während sie in ihr Zimmer ging und den Rechner einschaltete.

Am Monitor klebte ein Zettel.

„Bitte 05121/123 45 67, Fam. Wels anrufen."

Sie nahm den Zettel ab und ging hinüber zu ihrem Vater. „Hast du das entgegengenommen?"

„Ja, entschuldige, habe ich in der Aufregung vergessen. Eine Frau Wels will dich dringend sprechen."

„Wann hat sie angerufen?"

„Kurz nach elf."

„Okay, danke."

Larissa holte das Mobilteil ihres Festnetztelefons aus der Küche und wählte die angegebene Nummer.

„Wels."

„Hallo, guten Tag. Ich bin's, Larissa. Sie haben vorhin mit meinem Vater gesprochen. Was gibt es denn?"

„Ach, das Klavierfräulein. Ja, ja. Es geht um die Katze."

„Was ist mit Ming?"

„Sie frisst nicht mehr, fürchte ich."

„Waren Sie mit ihr beim Tierarzt?"

„Hören Sie, Kindchen, ich kann sie ja noch nicht einmal einfangen. Wie soll ich sie da transportieren?"

„Oh verstehe. Ich komme sofort vorbei und bringe unseren Katzenkorb mit. Ist Ihnen das recht?"

„Unbedingt. Wie lange werden Sie brauchen?"

„Ich kann in zwanzig Minuten bei Ihnen sein."

„Perfekt. Bis gleich."

31

Mittwoch

Larissa beschloss, dieses Mal den Fahrstuhl zu benutzen. Nachdem sich die Scherengitter geschlossen hatten, glitt die Kabine beinahe lautlos nach oben. Schindler, Baujahr 1968, stand auf einem Metallschild über dem Bedienfeld.

Sie brauchte nicht zu klingeln. Frau Wels erwartete sie bereits vor ihrer Wohnungstür. „Pünktlich auf die Minute", sagte sie und winkte Larissa heran.

„Guten Tag, wo ist Ming denn?", fragte sie.

„Sie hockt in der Küche, ganz hinten in der Ecke. Gehen Sie nur vor, Kindchen, Sie kennen sich ja inzwischen hier schon aus."

Es irritierte Larissa, dass Frau Wels den Schlüssel zweimal im Schloss herumdrehte, bevor sie ihr folgte.

Wahrscheinlich eine Reaktion auf den Mord nebenan.

Larissa öffnete die Küchentür nur einen Spaltbreit. Doch von Ming war nicht einmal die Schwanzspitze zu sehen. Sie trat ganz hinein und schaute in alle Ecken. Keine Katze. Komisch.

„Frau Wels!", rief Larissa. „Ich kann Ming nicht entdecken. Sind Sie sicher, dass sie sich in der Küche versteckt hat?"

Die Frau tauchte aus dem Schlafzimmer auf. „Selbstverständlich." Sie blieb vor Larissa stehen. „Ich würde

Ihnen helfen, aber das Katzenvieh mag mich im Moment nicht."

Katzenvieh klang in Larissas Ohren nicht danach, als ob Frau Wels Ming ihrerseits besonders gern mochte. Wie sollte Larissa das formulieren, ohne die Frau zu kränken? „Vielleicht sollte ich Ming einfach mitnehmen. Mein Vater ist Katzenfachmann ..."

Sie hätte niemals gedacht, dass Frau Wels sich so schnell bewegen konnte. Sie fuhr herum und wies mit dem ausgestreckten Zeigefinger auf Larissa.

„Das hättest du wohl gern. Eine Zweitausend-Euro-Rasse-Katze mit nach Hause nehmen. Kommt gar nicht infrage."

„So hatte ich das nicht gemeint."

„Natürlich nicht." Ihre Stimme triefte vor Hohn. „Die Katze bleibt hier, bis entschieden ist, wer für die Unkosten aufkommt."

„Welche Kosten hatten Sie denn?"

„Frag nicht so blöd. Katzenfutter, Streu und und und ..."

Am liebsten wäre Larissa weggelaufen. Wenn Frau Wels sie siezte wirkte sie unheimlich, aber sobald sie zum Du überging, fürchtete sie sich. Sie musste das hinter sich bringen und so schnell wie möglich wieder nach Hause gehen.

Doch Frau Wels schien bemerkt zu haben, dass sie über das Ziel hinausgeschossen war. „Entschuldigen Sie, Kindchen, es war nicht so gemeint. Diese ganze Geschichte geht mir nahe. Das verstehen Sie, oder?"

Larissa wusste nicht, was sie darauf erwidern sollte. Deshalb nickte sie vorsichtig.

Frau Wels legte den Arm um sie und sagte: „Kommen Sie, wir schauen zusammen, wo sich die Mieze herumtreibt."

Kaum bückten sie sich über die Spüle, fegte Ming quer über den Küchentisch und flitzte fauchend durch den schmalen Spalt auf den Flur.

„Was war das denn?", fragte Frau Wels und ließ sich schwer auf den nächsten Stuhl fallen.

„Ming ist auf den Flur gerannt. Oje, Ihre ganzen Unterlagen sind auf den Boden gefallen." Larissa bückte sich und sammelte die Papiere wieder ein. Dabei fiel ihr Blick auf eine Rechnung für die Reparatur eines Fahrstuhls. Die Firma Schindler berechnete 2850,75 Euro für eine Ersatzteillieferung.

„Was wühlst du da herum?" quäkte Frau Wels und versuchte, unter den Tisch zu spähen.

„Ich hebe nur die Papiere für Sie auf. Einen Moment, einige sind geknickt."

„Geben Sie schon her." Dann wedelte sie mit der Hand. „Schauen Sie nach der Katze. Ich bereite uns inzwischen einen Tee zu."

Larissa legte die Blätter auf die Tischplatte. Sie war froh, dass sie die Küche verlassen konnte.

Auf dem Flur entdeckte sie Ming nicht. Sie zögerte einen Moment, als sie bemerkte, dass die Tür zum Schlafzimmer offen stand. Egal, sie hatte die Aufgabe, Ming zu fangen, und wenn die alte Hexe ihre Tür nicht richtig schloss, war das ihr Problem und nicht Larissas.

Ming saß mitten auf dem Bett, auf einem hellen Anorak, in die Kapuze gekuschelt. Als sie Larissa kommen hörte, stellte sie die Ohren auf und sah sie aufmerksam an, lief aber nicht davon.

Larissa näherte sich ihr langsam und maunzte dabei beruhigend. Ming blieb ganz still liegen und ließ sich streicheln. Ihr Bauch war nicht hart, und sie wirkte auch überhaupt nicht nervös. Larissa konnte nichts Ungewöhnliches entdecken.

Nachdenklich kehrte sie in die Küche zurück.

Frau Wels stand an der Küchenzeile und rührte in einer Tasse Tee. Eine zweite stand auf dem Tisch. Sie drehte sich um, als sie Larissa kommen hörte.

„Was hat sie?"

„Ich konnte nichts entdecken. Wie lange hat sie denn nichts gefressen?"

„Seit gestern Abend."

„Sind Sie sicher?"

Frau Wels winkte sie heran. „Sie sind die Fachfrau. Trinken Sie Ihren Tee, ich will Sie nicht länger aufhalten als nötig."

Larissa wollte gerade nach der Tasse greifen, als die Tür aufflog und Lothar hereinstürmte.

„Was tun Sie schon wieder hier?"

Larissa schrak zusammen. „Ich ... Ihre Mutter ..."

„Raus hier, verschwinden Sie auf der Stelle." Noch bevor er den Satz ausgesprochen hatte, schüttete er den Inhalt ihrer Teetasse in die Spüle. Dabei starrte er wütend seine Mutter an. „Ich habe dich gewarnt", knurrte er.

Da Larissa nicht genau wusste, wen er meinte, drehte sie sich um und lief davon.

32

Mittwoch

Zitternd lehnte Larissa in der Fahrstuhlkabine. Was für Irre.

Dabei fiel ihr Blick erneut auf das Typenschild.

Schindler.Baujahr 1968.

Schindler.

Die Rechnung.

2850,75 Euro.

Seit wann funktionierte der Fahrstuhl wieder? Seit Freitag? Nein, erst am Montag. Als sie noch einmal in der Kronenbaumschen Wohnung war, um nach den Katzenutensilien zu sehen, hatte sie bemerkt, dass Frau Wels ihn benutzt hatte.

2850,75 Euro.

Zu viel für einen Elektriker und seine Mutter.

2850,75 Euro.

Wenn man jedoch 3200 Euro geklaut hatte, sah das ganz anders aus. Das erklärte auch, warum dieser Typ sie nicht in seiner Wohnung haben wollte.

Plötzlich wurde ihr schwarz vor Augen. Sie musste sich gegen die Kabinenwand lehnen. Lothar Wels hatte Charlotte Kronenbaum ermordet. Sie musste es nur beweisen. Oh Gott, oh Gott, hoffentlich folgte er ihr nicht.

Sie fingerte ihr Handy aus der Hosentasche. Doch sie zitterte so stark, dass es herunterfiel. Die Batterieabdeckung sprang ab.

Scheiße. Sie fluchte leise vor sich hin, während sie auf die Knie sank, um die Einzelteile aufzusammeln.

Kaum hielt der Fahrstuhl unten an, stürzte sie hinaus. Die Tür knallte gegen die Füllung, so heftig stieß sie sie auf. Sie raste aus dem Haus und krachte gegen jemanden. Ihr Fuß verfing sich in einem Fahrrad. Und sie lag auf einem Menschen, der laut stöhnte.

Vorsichtig rappelte sie sich auf.

„Tom! Was machst du hier?"

Er hielt sich den Magen mit einer Hand und strich sich mit er anderen die Haare aus dem Gesicht. „Wer jagt dich denn?"

Erschrocken sah Larissa sich um. „Lass uns verschwinden. Schnell! Steh auf. Komm."

Er kniete auf dem Boden und untersuchte sein Fahrrad. Sie zerrte an seinem T-Shirt. „Wir müssen hier weg. Mach schon."

„Was hast du? Was ist passiert?"

„Erzähle ich dir gleich. Jetzt komm."

Er richtete das Fahrrad auf, drehte ein Pedal und nickte. „Alles paletti."

Larissa rannte bereits die Bahnhofstraße hinunter und schaute über ihre Schulter zurück, um zu prüfen, ob Tom ihr folgte. Er holte auf. Gut.

Sie bog nach links ab. Tom fuhr jetzt neben ihr. „Bleib stehen. Das geht so nicht. Ich darf nicht auf dem Bürgersteig fahren."

Er hatte recht, aber darauf konnte sie keine Rücksicht nehmen, oder?

„Verfolgt er uns?", rief sie.

„Wer?"

„Der Elektriker!“

Tom überholte sie, stellte sein Fahrrad quer und hielt sie auf. „Bleib stehen. Niemand verfolgt uns, und Mario ist Klempner, nicht Elektriker.“

Larissa sah ihn verdutzt an. „Was redest du?“

„Mario gegen Bowser.“

„Wie kommst du jetzt auf ein Nintendo-Spiel?“ Larissa atmete heftig.

Tom lachte. „Du hast behauptet, du würdest von einem Handwerker verfolgt.“

„Lass uns irgendwo hingehen, wo er uns nicht finden kann. Ich dachte, du müsstest ab 16 Uhr arbeiten.“

„Muss ich auch. Ich war unterwegs zum türkischen Gemüseladen in der Wallstraße, als du mich vom Fahrrad geschossen hast.“

„Das heißt, du hast nicht viel Zeit.“

„Ein Viertelstündchen kann ich herausschlagen. Was ist denn passiert? Du bist völlig aus dem Häuschen.“

Larissa hielt sich die Ohren zu und senkte den Kopf. Dann flüsterte sie: „Kannst du mich auf einen Kaffee einladen?“

Er sah sie überrascht an.

„Ich habe mir heute schon ein Eis gekauft, nun reicht es nicht mehr für einen Kaffee“, wisperte sie und hielt den Kopf gesenkt. Er sollte nicht sehen, wie peinlich ihr das war.

„Kein Problem, klar.“

Sie zeigte auf eine Gaststätte. „Lass uns da reingehen.“

„Sieht nicht so einladend aus.“

„Egal, Hauptsache wir kommen von der Straße herunter."

Während Tom sein Fahrrad anschloss, suchte Larissa einen Platz aus, von dem aus sie die Eingangstür beobachten konnte.

Tom setzte sich zu ihr, nachdem er am Tresen zwei Cappuccino geholt hatte.

„Magst du Zucker dazu?"

Larissa nickte und schüttete zwei Tütchen Zucker in die Tasse.

Dann sagte sie: „Lothar Wels hat Charlotte Kronenbaum ermordet."

„Wie kommst du darauf?"

Larissa erzählte ihm, was sie in der Wohnung der beiden Wels erlebt hatte.

Doch Tom reagierte nicht so enthusiastisch wie sie es erwartet hatte. Er betrachtete sie skeptisch. „Selbst wenn du recht haben solltest, wie willst du das beweisen?"

„Darüber habe ich noch nicht nachgedacht." Sie rührte nachdenklich mit dem Löffel in der Tasse herum. „Man müsste die Rechnung besorgen."

„Die von der Fahrstuhlfirma?"

„Genau."

„Wie willst du das anfangen? Das klingt ziemlich gefährlich. Du solltest morgen früh einfach zur Polizei gehen und denen deine Vermutung mitteilen."

„Nein."

„Wie nein?"

„Morgen früh ist es vielleicht zu spät. Bis dahin hat der Irre Ming unter Umständen längst umgebracht?"

Tom starrte sie an. Die Fragezeichen sprangen ihm quasi aus den Augen.

Larissa grinste. „Habe ich das nicht gesagt? Ming hat den Täter gesehen. Sie rastet ständig aus, wenn jemand anderer als ich ins Zimmer kommt."

„Aber du hast doch erzählt, dass Ming bereits seit Freitag bei Familie Wels untergebracht ist. Warum sollte er sie jetzt plötzlich beseitigen?"

„Weil Mutter Wels mich erst heute um Hilfe gebeten hat."

„Leuchtet ein."

„Siehste."

Er schüttelte den Kopf. „Das bedeutet nicht, dass du dich mit einem Mörder, na ja, mit einem vermutlichen Mörder anlegen solltest."

„Was heißt hier anlegen? Ich warte, bis er aus dem Haus ist, dann klingele ich, quatsche der Mutter eine Kante ans Knie, mopse die Rechnung und bin wieder verschwunden, bevor irgendjemand etwas bemerkt hat."

„Trotzdem nein."

„Was soll das?"

„Zu gefährlich."

„Da ist er!" Larissa zeigte mit dem Finger zur Tür.

„Wer?"

„Der Elektriker."

„Wels?"

„Jaha."

„Was macht er?"

Larissa spürte, dass ihr plötzlich extrem kalt wurde. Sie flüsterte: „Wahrscheinlich sucht er mich."

„Warum sollte er?"

„Weil ich ihm auf die Spur gekommen bin."

Tom schüttelte den Kopf, streckte beide Arme aus und zog sie an sich. „Er hat dich doch aus seiner Wohnung geworfen, um dich loszuwerden. Warum sollte er jetzt nach dir suchen?"

Larissa duckte sich aus seinen Armen heraus. „Ich habe eine Idee."

„Gefällt mir nicht."

„Ich habe noch gar nichts gesagt."

„Gefällt mir trotzdem nicht."

„Du folgst Lothar."

„Ohohoh!"

„Und ich besuche in der Zwischenzeit seine Mutter."

„Larissa!"

„Wenn er sich seiner Wohnung nähert, rufst du mich an. Dann kann ich mich verdrücken, bevor er ankommt." Larissa war aufgesprungen. Geduckt lief sie zum Fenster und schaute hinaus. „Komm schnell, er biegt gleich um die Ecke. Nun mach schon."

Tom war ihr zum Fenster gefolgt, sah aber noch immer nicht überzeugt aus. „Ich halte das für keine gute Idee."

„Niemand fragt dich nach deiner Meinung. Geh einfach."

Ohne auf seine Antwort zu warten, ging sie die beiden Stufen vor der Kneipe hinunter.

Tom rief: „Moment noch, deine Handynummer."

Larissa diktierte sie ihm und rannte dann davon.

Ohne zu zögern stieg sie die Treppen hinauf. Was sollte sie sagen? Ich habe was vergessen. Was denn?

Hm, ich habe mein Portemonnaie verloren, liegt es vielleicht bei Ihnen?

Eine gute Idee. Oder noch besser, meinen Hausschlüssel, dann kann ich unter dem Tisch und in den Ecken suchen, wenn ich alles habe, lasse ich ihn einfach fallen und finde ihn unter großem Trara. Perfekt.

Larissa setzte ein höfliches Gesicht auf und legte sich noch einmal den Begrüßungssatz zurecht. Danach klingelte sie.

Schritte.

Der Schlüssel im Schloss.

Tür offen, soweit es die Kette zulässt.

„Kindchen, wie nett, da sind Sie ja wieder. Kommen Sie doch herein."

Tür zu.

Kettenrasseln.

Tür auf.

Dass Frau Wels hinter ihr gleich zuschloss, fiel Larissa erst auf, als sie auch noch die Kette vorlegte.

Mittwoch

Während Larissa den Flur bis zur Küche hinunterging, blieb Frau Wels vor der Haustür stehen und beobachtete sie. „Kindchen, ich hätte nicht so bald wieder mit Ihnen gerechnet."

„Ich habe, glaube ich ..."

„Schon gut. Gehen Sie ruhig in die Küche. Ich komme gleich nach."

Larissa konnte ihr Glück kaum fassen. Sie zog die Tür hinter sich zu und lief zu der Ecke des Tisches, auf der die Papiere noch immer in einem krumpeligen Haufen aufeinanderlagen.

„Hallo Ming", sagte sie, denn die Katze lag zusammengerollt auf dem Stuhl unter dem Fenster. „Wie geht es dir?" Larissa fand die Rechnung der Fahrstuhlfirma auf Anhieb. Kurz entschlossen faltete sie den Brief zusammen und steckte ihn in die Hosentasche. Als sie die Schritte von Frau Wels über den Flur näher kommen hörte, beugte sie sich über Ming und streichelte sie. Dabei bemühte sie sich, ganz ruhig zu atmen, um sich nicht verdächtig zu machen.

Die Tür öffnete sich behutsam. Bevor Larissa reagieren konnte, fauchte Ming und schoss vom Stuhl und durch ihre Beine hinweg. Erschrocken drehte sich Larissa zur Seite, etwas Großes, Schweres sauste neben ihrer Schulter nach unten.

Was war das?

„Frau Wels!", rief sie und begriff. Sie ließ sich fallen und krabbelte unter den Tisch.

Die Frau stützte sich auf das Holzteil, das sie in der Hand hielt und krächzte: „Komm da raus!"

Auf gar keinen Fall. Larissa zitterte am ganzen Körper. „Was wollen Sie?" Sie kniete und versuchte, etwas zu sehen.

Frau Wels lachte hämisch. „Das geht dich gar nichts an."

Sie hob das Holz und drosch damit gegen den Tisch, der dadurch ein Stückchen näher zur Tür schlitterte.

„Ich krieg dich, und diesmal rettet Lothar dich nicht im letzten Moment, du neugieriges Stück."

Lothar? Sie retten? Larissa verstand nicht, was sie meinte. Sie hob ein Bein, um sich hinzuhocken. Kniend kam sie nicht schnell genug vorwärts. Sie hielt sich am Tischbein fest und verhinderte so, dass der nächste Schlag den Tisch umwarf.

„Schüttet der Nichtsnutz meinen schönen Tee in den Ausguss."

Der Tee?

Larissa schüttelte sich. Natürlich hätte sie den Tee getrunken. Ob die Alte den vergiftet hatte?

„Hören Sie auf!", schrie sie.

„Von wegen", lachte die Frau und schlug wieder zu. Diesmal war Larissa vorbereitet. Sie rutschte unter die Tischkante, drückte die Platte mit beiden Händen nach oben, während sie aufstand, sodass der Tisch umfiel und eine Barriere zwischen ihr und der Frau bildete.

Sie rannte aus der Küche, warf die Tür hinter sich zu. Das würde die Alte nicht lange aufhalten. Ein Schlüssel steckte leider nicht.

Larissa rannte den Flur entlang. Die Wohnungstür war abgeschlossen, auch hier kein Schlüssel. Sie fluchte leise. Und nun?

Sie glitt in das erste Zimmer neben der Tür und schloss sie, kurz bevor die Wels aus der Küche stürzte.

„Du kommst hier nicht raus!“, rief sie heiser und klapperte mit einem Schlüsselbund. „Der Schlüssel ist bei mir.“

Larissa rannte zum Fenster und riss es auf.

Viel zu hoch.

Auch zu den Seiten bot sich kein Ausweg. Der Balkon war viel zu weit weg.

„Wo bist du, Kindchen?“, rief die Frau auf dem Flur. Scheinbar suchte sie zuerst im Schlafzimmer nach ihr. In ihrem Schlafzimmer, wie Larissa jetzt feststellte, als sie sich umblickte. Sie musste die Tür verbarrikadieren. Einen Stuhl unter die Klinke stellen. Irgendetwas.

Aber hier war nichts. Ein Nachttischchen, ein Kleiderschrank, ein Bett.

Der helle Anorak lag auf dem Bett.

Lothars Anorak.

Plötzlich erkannte Larissa, wie sehr sie sich geirrt hatte.

Ming war immer vor Frau Wels geflohen. Auf der Jacke von Lothar hatte sie ganz friedlich gelegen.

Warum war ihr das nicht früher aufgefallen?

Sie riss die Kleiderschranktür auf. Hier passte sie zwar hinein, aber lange würde sie das nicht retten.

Sie tastete nach ihrem Handy.

Vielleicht lange genug, dass sie Hilfe rufen konnte?

Auf dem Flur klirrten Schlüssel. Die Wels würde doch jetzt nicht die Wohnungstür aufschließen. Nein, Larissa verstand. Sie hatte das Schlafzimmer durchsucht und schloss es ab, damit sie nicht dahin laufen konnte, während die Frau das nächste Zimmer durchsuchte.

Sie musste etwas unternehmen.

Aber leise, ganz leise.

Wenn sie Glück hatte, durchkämmte die Alte als Nächstes das Wohnzimmer. Hoffentlich gab es dort viele Versteckmöglichkeiten, in denen sie suchen musste.

Larissa nahm die Lampe vom Nachttisch und legte sie aufs Bett. Dann trug sie das Tischchen vor die Tür.

Die Wels würde ihn mit einem Ruck zur Seite schieben, wenn sie die Tür öffnete.

Schnell zerrte Larissa Pullover aus dem Schrank und hob das Brett heraus. Es war nicht lang genug, sodass sie es zwischen Türklinke und Tischplatte klemmen konnte. Aber zwischen Schrankecke und Tischchen konnte sie es verkeilen. Hoffentlich hielt das.

Sie schaute noch einmal in den Kleiderschrank. Ob ein zweites Brett die Konstruktion stabilisierte?

Plötzlich ruckte die Tür. „Hier bist du also, Kindchen. Lass die Sperenzchen und komm raus. Ich krieg dich sowieso."

„Niemals. Was wollen Sie überhaupt von mir?", rief Larissa zurück. „Ich habe Ihnen gar nichts getan."

„Von wegen, ich hab dich gleich durchschaut." Dem Geräusch nach zu urteilen warf sie sich gegen die Tür. „Komm da raus!", brüllte sie.

Larissa flüchtete sich zum Fenster und zog ihr Handy aus der Tasche. Doch bevor sie wählen konnte, erzitterte das Holz der Tür und das Brett verrutschte. Der Arm der Frau zwängte sich durch den Spalt.

Larissa hechtete hinüber und drückte gegen die Tür. Die Frau jaulte auf, zog aber ihren Arm nicht zurück. Stattdessen schien sie mit dem ganzen Körper zu schieben. Jetzt bemerkte Larissa, dass sie unten diesen Holzprügel in den Türspalt geklemmt hatte.

Scheiße!

Konnte sie die Tür zuhalten und gleichzeitig telefonieren?

Sie musste es versuchen.

„Gleich hab ich dich!", knurrte die Frau und warf ihren schweren Körper noch einmal gegen die Tür.

34

Mittwoch

Währenddessen ...

Missmutig hatte Tom sein Fahrradschloss gelöst. Kopfschüttelnd hatte er noch einige Sekunden hinter Larissa hergeschaut, bevor er diesem Lothar gefolgt war.

Der kräftige Mann trug blaue Arbeitshosen und eine Jeansjacke. Da er einen Kopf größer als die meisten anderen war, konnte Tom ihn gut im Auge behalten, ohne zu nahe an ihn heranradeln zu müssen.

Hoffentlich beeilte Larissa sich. Ärger mit seinem Chef, weil er in der Stadt herumtrödelte, war das Letzte, was er in seiner Situation brauchen konnte.

Sobald er ausgelernt hatte, würde er ausziehen, endlich auf eigenen Beinen stehen. Ohne diesen Widerling.

Er bremste, denn Lothar blieb vor der Bäckerei stehen, ging sogar hinein. Und nun? Tom schob sein Rad zu der Bank, die rund um einen Baum herum gebaut worden war, und setzte sich.

Lothar schien ein Schwätzchen mit der Verkäuferin zu halten. Oder trank er einen Kaffee? Jedenfalls fühlte es sich für Tom sehr lange an, bevor der Mann wieder herauskam. Er sah sich nach allen Seiten um und bog dann in die Arnekenstraße ein. Tom ließ ihm einen Vorsprung. Das wäre beinahe ein Fehler gewesen. Er sah gerade noch, dass Lothar in die Parkgarage der Sparkasse abbog. Was wollte er da?

Vielleicht eine Abkürzung?

Gab es einen zweiten Ausgang?

Und nun? Was sollte er jetzt tun?

Mit dem Fahrrad durch die Parkgarage? Wenn sie eine Abkürzung darstellte, war das nicht ganz so abwegig wie es auf den ersten Blick aussah.

Mist. Tom musste sich schnell entscheiden.

Okay, einen Versuch war es wert.

Ging es schief und er verlor den Mann, konnte er Larissa immer noch anrufen und sie warnen.

Er schob das Fahrrad in die Einfahrt und konnte im ersten Augenblick nichts erkennen. Seine Augen brauchten Zeit, um sich an das Dämmerlicht zu gewöhnen. Trotzdem ging er zügig weiter. Wohin war Lothar verschwunden?

Er bog um eine Ecke und sah sich um.

Da packte ihn jemand an der Schulter, wirbelte ihn herum und drückte ihn gegen die Wand. Das Fahrrad fiel klappernd auf den Boden.

Tom ächzte.

„Was soll das, Bürschchen?"

Lothar! Tom riss die Augen auf und wollte etwas sagen, aber der Kerl drückte ihm die Luft ab.

„Warum verfolgst du mich?"

Tom krächzte.

Lothar lockerte seinen Griff ein wenig. „Ich warne dich. Wenn du wegläufst, mache ich dich fertig. Antworte gefälligst." Dann betrachtete er ihn genauer. „Du hattest Unterricht bei Frau Kronenbaum, oder?"

Tom nickte. „Donnerstags.“ Das Wort kam kaum verständlich aus seiner Kehle. Seine Gedanken rasten. Was sollte er sagen? Er brauchte eine Ausrede.

„Warum verfolgst du mich?“

„Ich ... ich ...“

„Bürschchen, meine Geduld ist begrenzt.“

„Ich ... wir ..., ich meine, die Polizei, ja, die Polizei, sie verdächtigt mich.“

„Ich verstehe kein Wort.“

Er packte Toms Oberarm und zog ihn ein Stückchen weiter von der Einfahrt weg. Dabei trat er gegen Toms Fahrrad.

„Mein Fahrrad, he, das geht kaputt.“

„Erzähl mir die Wahrheit, sonst verwandele ich euch beide in einen Klumpen Schrott.“

Tom spannte die Muskeln an. Der Typ war zwar stark, aber wenn es darauf ankam ...

„Rede, los.“

„Es ist wegen ... wissen Sie ... der Fahrstuhl.“

„Was ist mit dem Fahrstuhl?“

„Er funktioniert wieder“, sagte Tom. Er musste Zeit gewinnen.

„Ja und?“

„Das hat uns gewundert.“

„Uns?“ Er sah jetzt beunruhigt aus. „Rede weiter.“

„Haben Sie ihn repariert?“, fragte Tom, obwohl er eigentlich nicht mit einer Antwort rechnete.

„Nein, ein Monteur, warum?“

„Ich dachte, wegen der Rechnung.“

„Welche Rechnung? Junge, du redest wirr.“

Tom holte tief Luft.

„Die Reparaturrechnung für den Fahrstuhl."

„Was ist damit? Das Haus gehört meiner Mutter und mir. Der Fahrstuhl ist vor mehr als zehn Jahren kaputtgegangen. Ich repariere alles am Haus und in den Wohnungen selbst. Doch die Fahrstuhlfirma wollte sich nicht darauf einlassen, nur das Ersatzteil zu schicken. Fünfhundertsechzig Euro sollte es kosten. Der Einbau fast dreitausend. Das wäre leicht verdientes Geld für mich. Warum sollte ich es also diesem Konzern in den Rachen schmeißen? Nicht mit mir."

„Jetzt ist der Fahrstuhl aber in Ordnung!", sagte Tom mit mehr Zuversicht als er verspürte. Wenn der Typ noch ein wenig lockerer ließ, konnte er sich losreißen und abhauen.

„Ja, und ich bin so was von sauer deswegen, das glaubst du gar nicht."

„Wieso?"

„Weil meine Mutter den Monteur bestellt hat, sogar noch mit Eilaufschlag. Die verrückte Nudel."

„Ihre Mutter?"

„Ja, kaum zu glauben, was? Sie hat am Donnerstag ein Bingo-Lotto-Los gekauft und exakt dreitausend Euro gewonnen. Danach hat sie nicht lange gefackelt."

„Ihre Mutter?" Das letzte Wort schrie Tom heraus. Dann zerrte er an seinem Arm, um sich aus dem harten Griff zu lösen. „Sie tun mir weh!"

Doch Lothar packte umso fester wieder zu. „Was hat das mit dir zu tun?"

„Ich sollte sie beschatten, während Larissa Ihre Mutter, hu ... äh, besucht."

Lothar wurde so bleich, dass Tom befürchtete, er würde in Ohnmacht fallen. Seine Hände erschlafften und sanken nach unten. Er räusperte sich. „Du willst nicht sagen, dass diese Larissa jetzt bei meiner Mutter ist, um mit ihr über den Fahrstuhl zu reden? Oder über diese verdammte Katze?"

„Doch, genau das."

„Wer hat euch eigentlich ins Gehirn geschissen? Geht´ s noch?" Er lief drei Schritte nach rechts, machte dann kehrt, kam zurück und brabbelte dabei vor sich hin. Plötzlich richtete er sich auf.

„Wie lange? Los sag schon, wie lange ist sie schon in unserer Wohnung?"

Tom hatte sich vorsichtig auf sein Fahrrad zu bewegt und es angehoben. Er ließ es vor Schreck wieder fallen, als Lothar ihn anfuhr.

„Keine Ahnung, zwanzig Minuten vielleicht."

„Komm! Es hilft nichts. Wir müssen es versuchen. Vielleicht ist es noch nicht zu spät."

„Was ist denn?"

„Komm jetzt. Red nicht."

Mit großen Schritten eilte Lothar aus der Parkgarage. Tom schwang sich auf sein Rad und folgte ihm. „Was haben Sie vor?"

Lothar rannte beinahe.

„Was ist los?", rief Tom ihm zu.

„Wozu habe ich sie rausgeworfen, frage ich dich. Ich habe ihr verboten, wiederzukommen. Und was macht sie? Kommt natürlich wieder. In weniger als zwei Stunden. Unverfroren."

Er schüttelte den Kopf und lief weiter.

„Sie ist selbst schuld, selbst schuld. Die alte Schnüfflerin."

Tom ahnte, dass etwas ganz gehörig schiefgelaufen war.

Nicht er war dem Mörder von Charlotte Kronenbaum durch die Stadt gefolgt, sondern Larissa befand sich mit der Mörderin in der Wohnung.

Würde Frau Wels ihr etwas tun? In der eigenen Wohnung?

War sie für den Überfall mit der Plastiktüte verantwortlich?

Tom fuhr schneller, als er sich vorstellte, wie Larissa gegen das Ersticken kämpfte.

Sie bogen in die Bahnhofstraße ein.

Tom lehnte sein Rad gegen einen Straßenbaum und hechtete hinter Lothar die Treppen nach oben.

Mit zitternden Fingern schloss er auf und drückte gegen die Tür. Die Sicherungskette spannte sich klirrend.

„Mutter!", brüllte er durch den Spalt.

„Zu spät!", schrie sie zurück.

„Mutter, leg den Wäschestampfer weg und geh in die Küche. Ich komme gleich zu dir", sagte er bemüht freundlich. Tom konnte sehen, dass seine Adern an den Schläfen pochten.

„Lebt Larissa noch?" Toms Stimme zitterte.

„Hilfe!" Sie schien sie gehört zu haben.

„Wir kommen!", rief Tom zurück. „Halte durch!" Er drängte sich neben Lothar, um etwas sehen zu können.

„Ihr seid zu spät!", rief Frau Wels. Dann krachte Holz, und Larissa schrie noch einmal.

„Geh zur Seite, Junge!", brummte Lothar, nahm Anlauf und warf sich gegen die Tür. Das Holz splitterte und die Kette riss aus ihrer Verschraubung. Lothar stürzte in den Flur. Tom rannte hinterher.

Frau Wels schlug mit einem Holzprügel auf ein Brett ein, das Larissa schräg vor ihr Gesicht hielt. Lothar packte seine Mutter und verpasste ihr einen Fausthieb unters Kinn. Es knackte und sie sackte mit einem Seufzen zu Boden.

Langsam senkte Larissa das Brett.

Ihre Finger bluteten und ihr Gesicht war tränenverschmiert. „Tom!", sagte sie, bevor sie sich neben dem Bett auf den Boden fallen ließ. Sie lehnte sich gegen den Rahmen und zog die Knie an. „Ich glaube, wir lagen falsch. Wir haben alles falsch interpretiert", sagte sie und begann zu schluchzen.

Tom wusste nicht, was er tun sollte.

Lothar hatte seine Mutter aufgehoben und weggetragen. Jetzt stand er wieder neben ihnen. „Kann ich mein Schrankbrett zurückhaben?", fragte er.

Larissa nickte.

„Entschuldigen Sie, bitte."

Er reichte ihr eine Hand und zog sie vorsichtig hoch. „Bist du verletzt? Lasst uns in die Küche gehen."

Stumm stellte er den Tisch und die Stühle wieder auf. „Setzt euch."

„Wir ... wir ... müssen wir nicht die Polizei rufen? Oder einen Krankenwagen?", fragte Tom.

„Gleich." Lothar stützte die Hände in den Kopf. „Ich habe gedacht, ich könnte sie kontrollieren, verhindern, dass sie noch mehr anstellt."

Tom erstarrte. Noch mehr anstellt? Hieß das, die Mutter hatte Charlotte Kronenbaum auf dem Gewissen?

35

Mittwoch

Larissa wischte sich die Tränen aus den Augen. „Soll das heißen, Sie wussten, dass Ihre Mutter eine Mö ... na, Sie wissen schon ...“, fragte sie stockend. Ihre Hände taten ihr weh, und irgendwie dröhnte ihr der Kopf, obwohl die Verrückte nur das Brett getroffen hatte.

Sie erschrak, als etwas gegen ihr Bein stupste. „Ming!“, sagte sie erleichtert und breitete die Hände aus. Elegant sprang die Katze auf ihren Schoß und leckte ihr die Hand. Als Larissa begann, sie zu streicheln, schnurrte sie zufrieden.

Lothar nickte bedächtig. „Es war alles ein Missverständnis.“

Larissa musste sich noch immer sehr konzentrieren, um nicht unkontrolliert zu schluchzen. Doch Missverständnis klang in ihren Ohren falsch.

„Ich wollte heiraten. Und ausziehen“, sagte Lothar leise.

„Frau Kronenbaum?“, fragte Larissa ungläubig.

„Nein, natürlich nicht. Frauke arbeitet beim Bäcker.“

„Auf der Fußgängerzone“, ergänzte Tom.

Larissa sah ihn erstaunt an.

„Das war das Missverständnis. Frau Kronenbaum hatte gekündigt. Sie wollte nach Ochtersum wechseln, und Frauke und ich wollten dann in die leer stehende Wohnung einziehen. Meine Mutter hat wohl was aufgeschnappt und dachte, Charlotte würde mich gegen sie aufhetzen und weglocken."

„Verstehe ich nicht."

„Du hast gesehen, dass ich aus der Kronenbaum-Wohnung trat, als du zum Unterricht kamst?"

„Ja!"

„Siehst du, meine Mutter auch. Sie war früher zurück als erwartet. Natürlich hat sie mir dann in den Ohren gelegen, dass die Schlampe mich ausnutzen würde, weil ich für sie immer alles kostenlos repariere. Sie ist rüber, als mal kein Geklimper zu hören war, wie sie sich ausgedrückt hat, und hat hundert Euro verlangt."

Tom und Larissa wechselten einen Blick. „Hundert Euro?"

Lothar zuckte mit den Schultern. „Angeblich ist Charlotte ohne ein Wort zu sagen an ihre Schale gegangen, hat einen Schein aus einem der Kuverts herausgezogen und meiner Mutter in die Hand gedrückt. Dann soll sie gesagt haben: ‚Sie kennen ja den Weg nach draußen' und ist in die Küche gelaufen, um etwas zu trinken. Und da ist bei meiner Mutter auch noch die letzte Sicherung durchgeknallt."

„Sie haben es von Anfang an gewusst?" Larissa schrie vor Entrüstung.

Abwehrend hob Lothar die Hände. „Nein, nein, erst als sie mir das von dem Bingo-Los erzählt hat ... und als die Katze sich so aufgeführt hat."

Mit ganz langsamen Bewegungen richtete er sich auf. „Ich sehe mal nach ihr."

Tom stand ebenfalls auf. Er hielt sein Handy in der Hand. Während er die Küche verließ und Lothar auf den Flur folgte, begann er zu sprechen: „Tom Seeliger hier, Frau Sarkos, bitte kommen Sie schnell in die Bahnhofstraße, wir ..."

Was er noch sagte, hörte Larissa nicht mehr. Sie war in Sicherheit. Zärtlich schaute sie auf Ming hinunter, die friedlich auf ihrem Schoß eingeschlafen war.

Herzlichen Dank an die Klasse 7a der Schulrat-Habermalz-Schule in Alfeld für eure Unterstützung.

Einen besonderen Dank an Nathalie Klages fürs Lesen und Beraten.

Einen besonderen Dank auch an Herrn Ricthmüller, der dieses Titelbild ursprünglich für den Holzminden-Krimi „Nur ein Katzensprung" entworfen hatte, zu dem es leider überhaupt nicht passte, weil gar keine Katzen darin vorkommen. Doch es hat mir so gut gefallen, dass sich irgendwann eine Geschichte entwickelt hat, die wie dafür gemacht ist.

Auf den nächsten Seiten
wird es noch mal spannend!

Leseprobe:
„Eiskalt verzockt" von Sabine Hartmann
ISBN: 978-3-8271-9570-8

Julian lag auf seinem Bett und rauchte eine Tüte. Musik dröhnte durch sein Zimmer, obwohl er Kopfhörer trug. Deswegen hatte er auch nicht gehört, dass Magnus angeklopft hatte.

Erst als er sich neben ihn auf das Bett setzte und ihm die Zigarette wegnahm, schreckte er auf. „Ey, Alter, spinnst du?" Er zog den Kopfhörer ab und legte ihn auf den Nachtschrank.

„Lass mich mal ziehen."

„Ist meine letzte. Haste was mitgebracht?"

Magnus schüttelte den Kopf.

„Wie? Du wolltest doch." Am Wochenende hatte Julian 25 Euro investiert und Magnus mit versorgt, weil der wieder einmal pleite war.

„Der Wichser will erst Knete sehen."

„Ich dachte, du hättest alles bezahlt? Du hast mir doch gesagt, dass ..."

„Hör auf zu heulen. Ich hab dich angelogen. Na und. Zeigste mich jetzt an?"

„Du bist so ein Dulli. Mann!"

„Reg dich nicht auf. Ich hab alles im Griff."

„Hast du nicht." Julian bemerkte, dass sich die feinen Härchen auf seinen Armen aufgestellt hatten. Sicher, zu ihm war der Eismann immer höflich, aber er hatte gehört, dass er sehr ungemütlich werden konnte.

Das war auch der Grund, warum er meistens Magnus bat, ihm etwas mitzubringen. Und er war nicht der Einzige.

„Du nervst." Magnus inhalierte den Rauch der Zigarette und gab sie Julian zurück.

„Dann rauchen wir eben mal 'ne Weile nichts." Julian mochte es, sich so leicht und warm zu fühlen. Am liebsten rauchte er, wenn er mit den anderen abhing. Hätte er geahnt, dass Magnus nichts mitbringen würde, hätte er seinen letzten Rest aufgehoben.

„Wie viel Geld hast du noch?"

„Weiß nicht, 20 Euro oder 25, mehr nicht."

„Und auf dem Konto?"

„Ey, das geht nicht."

„Nur geliehen."

„Nein."

„Du kannst mich nicht hängen lassen."

„Magnus, das Geld ist angelegt. Da komm ich nicht dran."

„So'n paar Zinsen sind dir wichtiger als ich, oder was?" Magnus sprang auf und starrte auf Julian herunter.

Der rollte sich unbehaglich zur Seite. „Wie viel brauchste denn?"

Magnus rang sich ein Lächeln ab. „Na also, geht doch. 500 wären ein Anfang."

„500? Hast du sie noch alle?" Julian verschluckte sich vor Schreck am Rauch. Einen Moment lang hoffte er, dass Magnus ihn nur auf den Arm nahm. Doch als er in dessen versteinertes Gesicht blickte, wusste er, dass 500 Euro längst nicht ausreichten. Er schüttelte den Kopf. „So viel habe ich nicht." Er zog sein Portemonnaie aus der Hosentasche und streckte Magnus einen Zwanzig-Euroschein hin.

Der spuckte ihm vor die Füße. „Verarschen kann ich mich allein.“

Julian starrte auf die geschlossene Tür. Er hasste es, wenn Magnus die Kontrolle verlor und wütend um sich schlug. Meistens war er der beste Freund, den Julian je gehabt hatte. Aber wenn etwas schief lief, war immer Julian schuld. Dann teilte Magnus aus. Er fluchte wie ein Irrer und trat schon mal einen Papierkorb um oder eine Laterne aus.

Julian legte sich wieder aufs Bett und zog den Kopfhörer zu sich heran.

Ob Magnus wohl was auf den Preis aufschlug? Ob er von ihm und den anderen mehr verlangte, als er selbst für ein Gramm Haschisch oder zwei Ecstasy bezahlt hatte?

Zuzutrauen wäre es ihm.

Andererseits konnte er äußerst spendabel sein. Julians Mundwinkel zuckte nach oben, als er an die Party bei Konstantin dachte.

Er hatte sich extra eine neue Jeans gekauft und zweimal geduscht, bevor Magnus ihn abgeholt hatte. Unterwegs gingen sie zu Kaufland und besorgten ein paar Flaschen Wodka. Da Konstis Eltern übers Wochenende im Harz Verwandte besuchten, brauchten sie den Alkohol nicht hineinzuschmuggeln.

Im Garten stand ein gemauerter Grill, auf dem bereits Würstchen und Steaks lagen. Konstantin und die anderen hatten ein oder zwei Bier Vorsprung.

Die Mädchen waren noch nicht da.

Julian trank ein Glas Wodka und schielte dabei immer wieder zur Gartenpforte und sah sie als Erster kommen.

Elena trug einen super kurzen karierten Rock, ein schwarzes Top, derbe Stiefel und eine Metallkette als Gürtel. Außerdem hatte sie ihre Augen tiefschwarz geschminkt.

Ihre Blicke trafen sich kurz, und er ahnte, dass sie Ja sagen würde.

Drei Stunden später hielt er ihre Hand, bis Magnus auf den Tisch stieg, um eine Rede zu halten. Julian konnte nicht alles verstehen, weil Magnus so nuschelte, wohl auch die eine oder andere Silbe wegließ. Auf jeden Fall redete er über Freundschaft und Zusammenhalten und verteilte großzügig Joints und jede Menge Pillen. „Ihr seid alle meine Freunde", rief er. Dann brach der Tisch zusammen.

Julian musste noch heute grinsen, wenn er sich an das Gesicht erinnerte, das Magnus machte. Er brauchte mehrere Sekunden, um zu verstehen, warum er plötzlich auf der Erde saß. Nachdem er es begriffen hatte, blieb er gleich sitzen. Irgendjemand, wahrscheinlich Konstantin, – jedenfalls glaubte Julian, sich an weißblonde Haare zu erinnern, die sich über Magnus beugten –, reichte ihm ein Bier.

Das Letzte, was Julian sah, als er mit Elena ins Haus ging, war, dass Magnus sich noch einen Joint drehte.

Elena.

Vielleicht sollte er sie anrufen.

„Wie lange wollen die uns noch warten lassen?" Magnus schaute sich suchend um.

„Sind alle da drüben." Julian zeigte mit dem Finger in den hinteren Teil des Ladens, wo eine ganze Reihe Menschen um eine Sitzgruppe herumwuselten. Die beiden Jugendlichen standen vor dem Abholfach und warteten auf eine Verkäuferin, um ihre bestellten Bücher abzuholen. Sie hatten sich für die Reclam-Ausgabe des „Faust" entschieden, weil sie mehr als drei Euro günstiger war als das Buch von dtv, das ihnen ihre Deutschlehrerin empfohlen hatte. Den zweiten Teil würden sie sowieso nicht lesen, und alles, was im Anhang stand, ließ sich auch im Internet finden.

Magnus, der größere der beiden, hob den Kopf, als Herr Schröter, dem die Buchhandlung gehörte, mit einem Stapel Büchern auf den Armen an ihnen vorbeiging. Er drapierte sie beinahe andächtig auf einem Rollwagen, bevor er damit zur Sitzgruppe ging, ohne von ihnen die geringste Notiz zu nehmen. „Herr Vogel, ich glaube, ich habe genau das Richtige für Sie gefunden", rief er schon von Weitem.

Magnus stieß seinem Kumpel in die Seite. „Weißt du, wer das ist?"

„Nee, du?" Julian war heilfroh, dass Magnus sich wieder beruhigt hatte. Allerdings wusste er nicht, ob er seine Schulden inzwischen bezahlt hatte. Er traute sich auch nicht, ihn danach zu fragen.

Magnus tippte ihm auf den Oberarm. „Klar, kenne ich den, das ist Till Vogel, der tritt heute Abend im Gymnasium auf, so'n Gastspiel von einem Berliner Theater. Hast du den in ‚Berliner Apokalypse' gesehen?" Er stellte sich etwas breitbeiniger hin, legte die linke Hand an die Wange und flüsterte mit heiserer Stimme: „Süße, ich gieß uns einen Tequila ein, und dann machen wir es uns bequem. Zieh doch schon einmal etwas aus. Das spart uns später Zeit." Magnus tat so, als käme er mit einem Tablett durch eine Tür.

„Aber zu sehen war er nur von hinten, Jackie war richtig sauer", warf Julian ein.

Magnus grinste breit und schüttelte den Kopf. „Eine Mördergage soll der dafür bekommen haben, dass er seinen Hintern in die Kamera gehalten hat. Und davon kauft er sich Bücher. Wenn ich so viel Geld hätte, würde mir aber was Besseres einfallen. Dass der überhaupt Zeit zum Lesen hat."

„Nee, kuck doch, seine Alte kauft die Bücher. Er sitzt nur dabei."

Magnus betrachtete die Szene in der Sitzecke aufmerksam. „Wieso bekommt der eigentlich Kaffee und wir nicht?"

„Was willste mit Kaffee? Trinkste doch eh nicht. Ein kleines Helles wäre viel besser."

Magnus grinste. „Dann wäre hier bestimmt auch mehr los. Wär doch 'ne tolle Werbung: Zu jedem Buch eine Kiste Einbecker gratis."

„Wo geht denn die Verkaufstussi hin?"

„Wie es aussieht, zu dem Kinderwagen neben dem Eingang."

„Na, so was. Der Lütte vom Vogel. Gab jede Menge Aufregung, als der geboren wurde. Die Vogels haben eine Riesengage für das erste Foto und die exklusive Homestory verlangt."

Magnus sah ihn fragend an. Plötzlich zog er sein Handy aus der Hosentasche und sagte: „Komm, wir gucken mal."

Er schaltete in den Fotomodus und hielt das Handy lässig in der hohlen Hand.

Als sie fast beim Kinderwagen angekommen waren, öffnete sich die Tür von außen und drei Männer drängten herein. Zwei hatten sich mit Kameras behängt, und der dritte hielt einen Block bereit. Magnus und Julian traten einen Schritt zur Seite und schauten sich um.

Aus der Sitzecke winkte Herr Schröter den dreien zu und rief: „Wir sind hier hinten, meine Herren. Bitte kommen Sie."

Alle waren aufgestanden, auch die Verkäuferin an der Kasse und die wenigen Kunden beobachteten, wie Till und seine Frau Felicitas von den hereinstürmenden Fotografen abgelichtet wurden.

Magnus boxte Julian, um seine Aufmerksamkeit wieder auf sich zu lenken. Sie standen neben dem Kinderwagen. Magnus hielt sein Handy über das schlafende Kind. Plötzlich flüsterte er: „Hör zu, Julian, du hockst dich draußen auf mein Moped und wartest, bis die hier abdampfen. Dann fährste hinterher und findest heraus, in welchem Hotel die wohnen. Wenn du's weißt, kommste zu unserem Treff. Alles klar?"

Julian nickte, dann stutzte er und schüttelte den Kopf. Gar nichts war ihm klar. „He, Magnus, was hast du vor?“

„Nur ein bisschen Geld verdienen. Wir sehen uns später.“ Er drückte Julian den Mopedschlüssel in die Hand.

Im Vorbeigehen nahm Magnus das Baby aus dem Kinderwagen und wickelte es in eine Decke, die im Korb steckte. Mit der anderen Hand griff er nach der Wickeltasche und ging zur Tür. Glücklicherweise gab das Baby nur ein paar glucksende Geräusche von sich, bis Magnus den Laden verlassen hatte.

Julian stand mit offenem Mund neben der Ladentür und schnaufte: „Wo will der mit dem Kind hin?“

Ein Überfall auf das Campe-Gymnasium verstört Holzminden. Scheinbar wahllos schießt der Täter auf Lehrer und Schüler. Kommissar Stefan Ollner ahnt, dass die Waffe aus einem der mysteriösen Einbrüche stammt, auf die er sich gemeinsam mit seinem jungen Kollegen Kofi in den letzten Monaten konzentriert hatte. Ob auch der gestohlene Neuwagen eines Lehrers eine Rolle spielt? Ollner muss die Zusammenhänge erkennen, bevor noch mehr Menschen sterben müssen.

Sabine Hartmann. Ausweichmanöver
328 Seiten. Paperback. ISBN 978-3-8271-9405-3
E-Book 978-3-8271-9605-7 (Pdf)
978-3-8271-9805-1 (Epub)

Als aus der Innenstadt Holzmindens ein Kind verschwindet, versuchen nicht nur die beiden Kommissare Kofi Kayi und Stefan Ollner, dem Täter auf die Spur zu kommen. Auch die Bürger organisieren sich. Trotzdem können sie nicht verhindern, dass noch ein Kind entführt wird. Da alle Erwachsenen Wichtiges zu erledigen haben, hört niemand zu, als Kim von dem Mann mit den Katzenbabys erzählt …

Sabine Hartmann. Nur ein Katzensprung
400 Seiten. Paperback. ISBN 978-3-8271-9413-8
E-Book 978-3-8271-9614-9 (Pdf)
978-3-8271-9814-3 (Epub)

Der neue Fall für Lisa Grundberg und Markus Heitkämper beginnt mit einem abgetrennten Finger, den Kinder beim Geocachen finden. Schnell stellt sich heraus, dass der Cachefund einen Mord ankündigt und dass der Täter beabsichtigt, acht Caches zu legen. Lisa ist entsetzt. Acht angekündigte Morde? Sie setzt alles daran, das zu verhindern, doch der Täter scheint ihnen ständig einen Schritt voraus zu sein. Oder hat er es eigentlich auf Lisa abgesehen? Soll sie das achte Opfer werden?

Sabine Hartmann. Sechs, Sieben, Cache!
408 Seiten. Paperback. ISBN 978-3-8271-9457-2
E-Book 978-3-8271-9625-5 (Pdf)
978-3-8271-9825-9 (Epub)

Eine Wiese mit Wasserbüffeln und eine tote Frau: Was zunächst wie ein tragischer Unfall wirkt, bekommt beim zweiten Blick das Potential für einen raffinierten Mord. Die Polizei beginnt zu ermitteln. Auf der Landpartie, einer Messe rund ums Bückeburger Schloss, sammelt man wichtige Infos. Seltsame Vorgänge am Tatort geben den Ermittlern harte Nüsse zu knacken. Als das Dunkel sich lichtet, scheint auch der Tod der Frau geklärt. Aber ist dies tatsächlich die Wahrheit?

Regine Mädje. Spuren im Sumpf
400 Seiten. Paperback. ISBN 978-3-8271-9420-6
E-Book 978-3-8271-9631-6 (Pdf)
978-3-8271-9831-0 (Epub)

Die Gunst der Stunde wollten sie ausnutzen, das schnelle Geld verdienen, doch nun geht alles schief. Was sollen sie tun, wenn das Baby stirbt? Der Schauspieler Till Vogel kam zum Gastauftritt in die Provinz. Noch vor dem ersten Auftritt wurde sein Sohn entführt. Sarah und Elena hatten sich seit Tagen auf ihr Interview für die Schülerzeitung mit Till Vogel vorbereitet. Deshalb wollen sie helfen und merken nicht, wie nah sie den Entführern bei ihren Nachforschungen gekommen sind..

Sabine Hartmann. Eiskalt verzockt
240 Seiten. Paperback. ISBN 978-3-8271-9570-8
E-Book 978-3-8271-9636-1 (Pdf)
978-3-8271-9836-5 (Epub)

Die verzweifelte Mutter einer verschwundenen Schülerin beauftragt Iris Bender mit der Suche. Iris entdeckt das Mädchen. Mit dem nächsten Auftrag hat sie jedoch weniger Glück. Sie sucht einen Ex-Lover und findet eine Leiche. Kommissar Moll verdächtigt sie. Kofi Kayi glaubt an ihre Unschuld, denn er ist dem Toten bereits einmal begegnet. Hat er sich mit Rechtsextremisten angelegt? Kann Kofi verhindern, dass es weitere Tote gibt?

Sabine Hartmann. Abgeräumt oder niemand lügt für sich allein
392 Seiten. Paperback. ISBN 978-3-8271-9459-6
E-Book 978-3-8271-9633-0 (Pdf)
978-3-8271-9833-4 (Epub)

Weitere Spannung pur ...

Überfall am hellllichten Tag in der Wuppertaler Innenstadt auf einen Juwelier: Die Täter schießen sich den Fluchtweg frei und können entkommen. Maja Klausen möchte ihren Freund Ulbricht in Wuppertal überraschen. Doch aus dem Besuch wird eine Hetzjagd quer durch das Bergische, denn die Täter hinterlassen, wo immer sie auftauchen, eine Spur der Verwüstung. Wird dies der letzte Fall von Kommissar Ulbricht?

Andreas Schmidt. BlutGrab
400 Seiten. Paperback. ISBN 978-3-8271-9550-0
E-Book 978-3-8271-9635-4 (Pdf)
978-3-8271-9835-8 (Epub)

Ein grausamer Mord erschüttert Betzdorf. In den Ruinen des verfallenen Lokschuppens wird die verstümmelte Leiche eines Geschäftsmannes gefunden. Ein heikler Fall für die junge Kommissarin Nina Moretti. Schnell wird klar, dass der Tote, der scheinbar ein Doppelleben führte, nicht nur Freunde in der Kleinstadt hatte. Führt die Spur ins Kölner Rotlichtmilieu? Oder sind doch nur Hass und Eifersucht im Spiel?

Micha Krämer. Tod im Lokschuppen
288 Seiten. Paperback. ISBN 978-3-8271-9522-7
E-Book 978-3-8271-9642-2 (Pdf)
978-3-8271-9842-6 (Epub)

Nina Morettis zweiter Fall

Der scheinbar natürliche Tod eines Betzdorfer Rentners wirft Fragen auf. Was hat die tote Krähe an der Volierentür im Garten des Mannes zu bedeuten? Ist es doch Mord? Nur Stunden später verschwindet ein Freund des Toten aus einem Altenheim. Eine Entführung? Welches dunkle Geheimnis hüteten die beiden alten Männer?

Micha Krämer. Krähenblut
304 Seiten. Paperback. ISBN 978-3-8271-9521-0
E-Book 978-3-8271-9641-5 (Pdf)
978-3-8271-9841-9 (Epub)

www.niemeyer-buch.de